LE BAL DES PRINCES

DU MÊME AUTEUR

PIERRE, POUSSIÈRE, poèmes, Obsidiane, 1989.
PASSAGE A L'INFINI, poèmes, Obsidiane, 1999.
LES JAMBES D'ALICE, roman, Actes Sud, 2001.
TOMBEAU DE LÉOPOLD SÉDAR SENGHOR, essai, Le Temps qu'il fait, 2003.
EN SAISON, suivi de *PIERRE, POUSSIÈRE*, poèmes, Obsidiane, 2004.
LE DÉPART, récit, Actes Sud, 2005.
LÉOPOLD SÉDAR SENGHOR, essai cosigné avec Armand Guibert, Seghers, "Poètes d'aujourd'hui", 2006.
LA NOUVELLE CHOSE FRANÇAISE, essais, Actes Sud, 2008.
ROSA PARKS, roman, Actes Sud-Junior, 2008.

Ouvrages à tirage limité :

EN MAJESTÉ LE MANTEAU ROUGE ET NOIR DU SOLEIL, essai, Aleph, beth, 2000.
LA TRAVERSÉE DES JARDINS, poèmes, avec le peintre Marie Falize, Aleph, beth, 2001.
LES ÉLÉPHANTS, poèmes, avec le peintre Décebal, TranSignum, 2004.

L'auteur remercie le Centre national du livre
pour la bourse qui a rendu possible la rédaction de ce roman,
ainsi que la commune de Grigny-en-Lyonnais.

ISBN 978-2-7427-7189-9

NIMROD

LE BAL DES PRINCES

roman

ACTES SUD

Quand l'histoire serait inutile aux autres hommes, il faudrait la faire lire aux princes.

BOSSUET

I

LE DIT DES FLEURS

1

Or le jour brillait d'un éclat divin. Et j'étais là rien que pour en jouir. Dansant dans la lumière, c'était comme si je courais vers Maureen les mains pleines de fleurs. Marguerites chéries, elle vous bouderait, j'en suis sûr. Négliger un si tendre bien du soleil est un acte insensé. Le beau soleil d'une composition – la rosace des composacées… Je me disais : “T'es pas capitaine, mon vieux, c'est pour ça qu'elle te traite ! – Oh, que même…” renchérissait une voix, là, à côté… La voix, mon double. Car, par-delà l'un et l'autre point de vue, je recherchais une virilité en accord avec la conjoncture. Etre militaire, tel était à présent l'aspiration commune – la mienne en tout premier. C'est dire que j'étais jaloux de ceux qui combattaient. Et, même si j'avais envoyé mon ami Doubaye, le capitaine, pour présenter à ma femme les rayons d'herbe et d'eau – les rayons au cœur d'or –, ça n'aurait rien changé. J'aurais humilié mon émissaire. Une fleur au bout du canon, quelle défaite pour un soldat ! Ça n'est pas le jour – jour des fleurs –, même si, dans un français irlandais, ça peut se dire *Bloomsday*. Ça ne sert à rien de jouer les gentils. Ça n'est pas le jour, faut piger, dis. Et arrêter de broder sur des faits que la nature, à plusieurs kilomètres à la ronde, méconnaît. On ne trouve ni coins ni recoins fleuris dans le village, pas un bosquet de roses, de lilas. Notre monde en est dépourvu. Pas même de pâquerette, l'ébauche – ne serait-ce qu'en rêve – d'une marguerite du Transvaal, l'humble gerbera. L'Afrique du Sud est bien éloignée des rives du Logone. Impossible de rapprocher mon fleuve du Zambèze. De mélanger leur eau, leur herbe, leur urbanité. Comme c'est le cas à Venise. *Acqua alta.* Je la devine au loin. Il y a l'herbe, de la verdure ; en cette saison, elle n'est pas dans la note. Brûlée, sans charme, comme une aire tard venue au repos. Je m'en avise, et il faut bien en sourire…

Du large, évidemment, où je les inspecte et où elles poussent en grand nombre, juste réponse de la terre aux premières pluies de la fin avril. Là, sur les dunes – une forêt de joncs brident leur avancée –, elles bordent la plage de teintes pastel. Là, ma barque s'est s'échouée. Sur le sable fin, j'ai dansé – étrange joie qui daignait s'emparer de moi sur les rivages que la guerre – du moins à Eré – avait meurtris. Dans les eaux, je m'étais amusé comme si c'était mon élément ; j'avais fait concurrence à ses résidents naturels. Puis, je suis revenu au village. C'est alors que m'est apparue la pauvreté du sol. En dépit de mon trouble, ce n'était pas un constat nouveau. Ce qui l'était en revanche, c'était ma répugnance.

Ils partagèrent mes vêtements,
Ils tirèrent au sort ma tunique.

C'était ça : j'avais été mis à nu, je ne sais comment, dépouillé de la doublure intérieure qui nous rend amoureux des êtres, des choses. Nudité du paysage couleur terre de Sienne. Les douces falaises du bord que j'avais traversées distraitement tout à l'heure dévoilaient à présent les nombreuses galeries d'où parfois tombaient un os, une planche, en somme les ruines de l'antique village. C'étaient des événements familiers auxquels personne ne prêtait plus attention. L'os, science pure de la mémoire, les flots l'emportaient au loin. Celui-ci irait enrichir dans les profondeurs quelques sédiments. Aussi, depuis que le village a été rebâti à l'intérieur des terres, les morts sont enterrés dans la cour. Ils inaugurent de la sorte une nouvelle cohabitation avec les vivants. Et dans la maison de grand-père où sont descendus les miens, notre aïeul – ainsi que sa femme – dort dans un coin du jardin. Le soir, un kapokier jette sur eux une ombre géante. Celle-ci vient redoubler l'ampleur des murs. Grand-père avait construit son domaine comme une forteresse. En son sein, elle accueille : elle est asile ; de la sorte rencontre-t-on la verdure – ici, dans tout le village, grâce aux arbres et, dans certaines maisons, la présence d'un humble potager – rarement un verger digne de ce nom. Et jamais trace de fleurs nulle part. Je ressentais cette absence comme un affront. Je l'éprouvais déraisonnablement. Plus que jamais je voulais être aussi doux qu'il est permis de l'être. Je n'avais rien trouvé de mieux pour me faire pardonner de Maureen. Deux jours déjà que je les avais retrouvés, et toujours cette obsession de marguerites. En moi le dessein grandissant de devenir le cœur de mes sensations, leur point de mire, leur amadou. Le grand dessein d'anoblir Maureen avec ma forfaiture…

Quand mes pieds ont touché terre, quand j'ai quitté le fleuve, les nims de l'école primaire déployaient leurs feuilles. Impossible d'attendre d'eux un autre ornement. La saison des fleurs est à venir. A l'heure dite, elles constelleront l'étendue. Il me sera loisible d'imaginer les doux pieds des Kimoises, leurs petites foulées. Sublime effort, doux effet. Mais les nims sont demeurés verts. Je ne saurais hâter la floraison. Je détourne le regard. Je le détourne aussi des femmes, des enfants. Les pieds des Kimoises ne m'excitent plus ; la poésie de la poussière a vécu.

J'ai traversé la route, puis la place du marché. J'ai longé deux pâtés de maisons, j'ai atterri chez nous. Quelle ne fut pas ma joie de voir deux tomates rouges au fond du jardin ! Les dalles tombales de mes grands-parents les veillaient. *Gerbera senegalensis*, des tomates me consolent de votre absence obstinée.

A présent, je suis sous le regard de Maureen. Elle me toise ; je sens qu'elle croise le fer avec moi. Tous les fers en nous (et leur cortège de minéraux : le chlorure de sodium, le chlorure de potassium, le bicarbonate, le magnésium, etc.), il vient un moment où ils cristallisent dans le regard d'un être cher, y concentrent la lumière de son corps. Ajoutons à cette chimie les sources chaudes (au nombre desquelles notre sang), la flamme d'un briquet, l'éclat d'un grain de sable… et nous voici décapés. Pendant que je rumine de telles pensées, à supposer que j'aie en main des pâquerettes (de fait, elles poussent en abondance sur la rive opposée), elles tomberaient par terre, comme foudroyées. La sécheresse du cœur est impitoyable.

Qu'est-ce qu'une fleur ? demande-t-on, las tout à coup d'une délicatesse longtemps contenue. De l'herbe, répond saint Jacques. Autant militer pour le rien. La fleur fane tôt. On l'oublie. Or la beauté, ce n'est pas comme le malheur. On l'oublie autrement. Elle s'é-v-a-n-o-u-i-t, si brève que soit son espérance de vie. Elle s'é-t-e-i-n-t. Vingt-quatre heures ou une heure, c'est tout pareil. La plus petite période se décompose en minutes et secondes. Puis c'est l'atome, l'écho transparent des êtres qui ont traversé la durée. Ils sont revêtus de la seule apparence qui convient : l'innocence. On atteint ainsi la frontière de l'humain. On n'a plus rien à déclarer. Fin.

2

Maureen n'est pas femme à qui l'on offre des marguerites. Il avait fallu ma virée avec Alice pour que je m'en persuade. Ainsi ai-je découvert le mépris. Une moue de Maureen, un pli de ses lèvres, un geste bien trop solennel à mon goût, et c'est la vie qui m'abandonne. La complicité bâtie jour après jour, les heures de tendresse, la voix qui fécondait l'échange, de tout ça plus rien : le monde s'effondre. Et elle le savait ; c'était la sienne de vengeance ; un surcroît de feu qui lui faisait du bien en lui faisant mal. J'en aurais pleuré. Or, la vie de couple est faite de ces absurdités qui, quelquefois, nous rendent plus que médiocres.

Je n'arrivais pas à protester contre le traitement qu'elle m'infligeait. C'était son tour à présent. Elle avait le droit d'épancher sa bile, elle avait raison de le faire, comme d'autres ont raison de venger une sœur tuée sous leurs yeux. Même à moi qui l'avais trahie, elle paraissait odieuse. (Je ne devenais pas un ange pour autant.) Maureen n'avait pas à se montrer aussi pitoyable. Je l'avais été, moi, et l'aveu m'en coûte. Ça suffisait comme ça. J'avais péché pour deux et payé pour quatre : pour la femme, pour l'amant, pour la maîtresse et pour le diable. Un homme, quel qu'il soit, devrait pouvoir garder pour lui son secret – que ce soit un meurtre ou une liaison. Mais je n'en suis pas capable. Pourtant, j'estime de toute grandeur une semblable attitude. Cela dit, je n'aimerais pas pavaner sur la souffrance de Maureen. C'est laid. J'ai l'impression de m'acharner sur un cadavre, de le dépouiller de son seul et inviolable trésor : le manteau de pudeur qui soustrait quiconque au regard des autres. Je meurs de n'avoir pas su résister à la tentation. Dès le début, je savais à quoi je m'engageais. Je l'avais su d'une acuité mordante. Mais il fallait néanmoins y aller.

Dès mon arrivée, c'est sur la rive où avait retenti l'autre nuit le rugissement des BM13 que je suis allé me baigner. La poudre dispersée dans l'air ne pouvait remonter le courant. Je n'avais rien à craindre. En plus, l'eau ne parvenait pas à diluer le poison que Maureen m'avait inoculé :

— Monsieur va en vadrouille, délaissant femme et enfant dans ces hameaux où pleurent des veuves, est-ce cela ton amour, dis ? Un amour de chien, un crachat !

J'avais été défait par ces paroles, humilié jusqu'à l'os. Mon père s'étranglait de colère ; ma mère s'en était allée gémir dans sa chambre. Nos palabres laissaient indifférents la petite Cynthia et mon cousin Ilyssa. J'étais abasourdi ; j'ai patienté jusqu'au soir, après dîner, pour, en tête-à-tête, interroger ma femme.

— Maureen, tu as été trop loin…

— Comment ? Ma souffrance ne compte-t-elle pas ?

— Tout de même.

— Tu oses ?

— Non, tu te trompes de combat. Que s'est-il passé en mon absence ? Je ne te reconnais plus.

— Il s'est passé que j'étais seule. Je t'ai cherché toutes les nuits, tu n'es pas venu, tu n'as pas donné signe de vie. Je ne te pardonnerai jamais…

— Mais, écoute…

— Jamais !

Je la comprends. Je m'étais présenté à elle, riche de mon seul désarroi.

— Homme de peu de foi, pourquoi es-tu revenu ? Je ne t'attendais plus, personne ne t'attend ici.

J'avais d'abord accusé le coup avant de trouver la force de lui répliquer :

— Mesure tes mots, Maureen. On peut tuer avec moins que ça.

— Parce que je ne suis pas une morte, peut-être ? As-tu idée de mon supplice ?

— Certes non, mais laisse-moi le temps de me poser. J'ai droit à l'accueil, moi aussi, je suis ton hôte, après tout.

— Tu as été mon mari, je le reconnais ; à présent, j'aimerais que tu m'oublies ; il n'est pas séant que tu me tutoies.

Et, en se détournant, elle a ajouté :

— Repars d'où tu viens.

Au même moment, une clameur a troublé la nuit. Les BM13 crachaient leur feu. Le récit de ma réapparition aurait dû commencer de la sorte, n'eût été la peine que j'aurais occasionnée de nouveau à Maureen. Un transistor posé sur une table basse, à l'entrée de la maison, diffusait de la country. Puis, venant de plus loin que la rue, une voix : "Un orchestre d'enfer ! Un orchestre de feu !" Ainsi volait à mon secours la diversion à laquelle je n'osais rêver. Instinctivement, je me suis éloigné de Maureen. D'ailleurs, je n'avais pas à m'en expliquer.

3

Le vacarme des canonnades mêlé à celui de notre dispute ne me laissait pas d'autre loisir que celui de louanger la terre. Même dépourvue de fleurs, elle valait encore mieux que rien. Pourtant, il fut une époque où Kim représentait pour moi l'Eden. Quand Myriam et moi y passions les vacances, le sol suintait de partout. La plaine vouée à la culture du riz, honorée des dieux année après année, fut, pendant longtemps, notre unique villégiature. Le bonheur s'exprimait en sa saison. Au reste, je ne lui demandais rien qui ne relevât de l'exercice le plus libre, à l'image de ce que fut notre adolescence à Kim. Le soir, Myriam m'enjoignait de faire le mur pour aller jouer avec Rachel et Ilyssa, nos voisins. L'envie d'escalader la forteresse était suscitée par le plaisir d'entendre à notre retour, deux heures plus tard, grand-père maugréer : "Où êtes-vous encore passés ? Je vous ai cherchés partout !"

(Mais grand-père n'avait pas bougé de son transat : éternité des assis.)

— Tu vois (Myriam s'interrompait pour me prendre à témoin), tu vois, j'aime qu'on se fasse du mouron pour moi !

Et se tournant vers grand-père :

— Tu es le plus adorable des pépés !

— Soit, renchérissait celui-ci, mais, tout de même ! Là, à me faire du mouron, tu exagères un peu !

— Ce que tu peux être rabat-joie ! feignait de s'emporter ma sœur.

— Tu as dépassé les bornes ; viens, que je te pince les oreilles !

Alors Myriam commençait à glousser.

Elle posait sa tête sur ses genoux et se faisait masser le lobe du petit organe. Je piaffais d'impatience en attendant mon tour. La fleur la plus exquise (et l'oreille en est une, qui orne nos tempes), le bonheur que jamais aucune fille ne m'a prodigué, c'est sur les genoux de grand-père que je l'ai goûté. Le bon maître des jeux innocents, celui que tous les gosses du village sollicitaient pour ses mains expertes (surtout, les mauvais garçons et les mauvaises filles, ceux qu'on qualifiait de "tête dure", les doigts de grand-père les faisaient fondre au feu de l'amour...), nous initiaient à la sexualité au su et à la vue de tous. (Disons, la sensualité, pour ne désobliger personne.) J'avais pris conscience du jeu érotique promu jadis par grand-père cette nuit-là où, dans une position inhabituelle, Maureen m'avait effleuré les oreilles avec ses tétons. J'avais tressailli, oui, j'avais crié ! L'extase avait fait refluer en moi le souvenir de ces brèves séances de caresse de l'ouïe. (Sans appareil, il va de soi, ni coton-tige, ni plume d'oie : seulement le contact de la chair avec la chair. Ainsi étions-nous initiés aux futurs brasiers de Cupidon !)

Myriam, je me rappelle, s'endormait sur le coup : il se faisait déjà tard à notre retour à la maison. Et comme ma sœur était capable de discourir jusqu'à la dernière seconde où le sommeil l'emportait, elle nous plantait là, au milieu d'une phrase, et poussait son premier roupillon. Le geste de grand-père me faisait comprendre que gisait au plus profond de nous un pur objet de tendresse. J'en mesurais d'autant plus la grandeur qu'il s'en acquittait avec probité. De plus, il n'était pas insensible au plaisir qu'il nous procurait.

Le sourire éclairait sa moustache carrée, ses pommettes, ses yeux. Ce n'était pas l'extase : cela, il priait pour que nous l'ayons, nous. Il faisait des vœux – à mi-voix, certes, mais tellement audibles pour une oreille d'enfant !

4

Dites-le avec des fleurs. C'est par ces mots que l'Occident a normé les déclarations d'amour. Un papier de soie rouge lie-de-vin, un film plastique transparent, et le bouquet de roses, de pivoines ou de tulipes remplit nos bras de sollicitude. On pardonne si aisément la réclame que la fleuriste épingle dessus. Ce n'est après tout qu'un petit rectangle doré, un rien adorable. Ça ne peut faire de mal à personne. La délicatesse est devenue un article marchand. On nous vend du vent. Je n'ose pas y croire et, cependant, j'emporte toujours ma botte de fleurs le cœur battant.

Combien de fois ai-je été couvé du regard par les filles ? Certaines, dès que leurs yeux se posent sur vous, frissonnent. Très vite, elles se reprennent et vous font des compliments. Un homme, un vrai, qu'elles se disent, et qui court à son rendez-vous avec des fleurs. Oh, comme j'aimerais être à la place de l'heureuse élue ! Les fleurs du bonheur portatif. On en sème, forcément, à les trimballer par les rues... Chouchou ! chouchou ! suggèrent les pétales de roses. Un cri de ralliement. "Aux fleurs, citoyens !" *La Marseillaise* change de strophes. Elles ont été récrites par des *Peace and Love* qui, dorénavant, seront chic, les cheveux courts, la barbe rasée, les chaussures cirées. Leur manteau est en cachemire... Ils sont devenus des dames, des messieurs. Des gens dignes de l'élégance des fleurs, des êtres de vitrine. On a fait un sort aux fleurs des champs, on a déshérité la campagne.

Les mêmes chaînes les distribuent, de New York à Amsterdam, en passant par Paris, Munich, Tokyo. Un produit commun, un legs communiste – quand on y songe... Lorsqu'on entre dans la boutique de notre fleuriste préférée, l'offre est abondante mais le choix, restreint. Le discours amoureux peut à peine accoucher d'une phrase singulière. Les fleurs sont coupées d'avance. Un savoir-faire standard préside à leur composition. La femme qui vous reçoit (elle est entre deux âges) cache ses rides sous le fard de grandes marques. Cela ne l'enlaidit pas ; au contraire. Ses traits accusent seulement la fatigue de la journée. Les clients affluent ; c'est bientôt la fermeture, il faut faire vite sans en avoir l'air. Après tout, le vrai degré du frais, que ce soit pour les fleurs, les surgelés, ou la peau du cou que drape le foulard Chanel, est des plus douteux. Mais l'art de l'embaumeur s'est démocratisé. Le lisse pour tous et pour chacun. La royauté égalitaire n'est plus qu'un jeu d'enfant. Encore faut-il avoir les moyens de se l'offrir. J'ai juré en mon âme : jamais de fleurs royales à Lucie, ma blonde amiénoise, à commencer par le lys. Je ne déteste pas la fleur versaillaise, seulement, voilà. La possibilité de s'offrir des choses jadis réservées à une classe, je ne sais pas pourquoi, il me désole que tout le monde puisse en disposer. L'illusion serait de croire qu'on fait partie du même monde. Erreur, erreur mortelle. Le véritable cachemire s'achète avenue Victor-Hugo, à Paris. Ou ailleurs, je ne sais. Pas rue des Trois-Cailloux, à Amiens. Je refuse qu'on me bourre le crâne. Je me braque contre ces insinuations. De même pour le sourire niais de ma fleuriste. Je dis non au monde devenu marchandise. Je dis non au pot de yaourt et au fac-similé de la Bible de Gutenberg vendu en grandes surfaces.

Le savoir est toc, il est toqué. Il sourit à présent. C'est gentil à souhait et, si je lui préfère je ne sais quoi au juste, c'est que l'amour est grave. Les fleurs l'allègent. Ainsi s'est fait l'amalgame. Quand un homme va à la rencontre d'une femme avec des fleurs, c'est pour détendre l'atmosphère. Son geste rend possible l'échange. Les marchands ont perverti la loi qui régissait les jeux de l'amour et du hasard. Quand j'offrais des fleurs à Lucie, c'était pour lui faire une dédicace du pathétique en moi d'où montent les parfums, un dieu à forme d'angelot, un bébé d'amour. C'est Carambar et caramel tout à la fois. Un truc croquant sous la dent, le fruit d'un mets ayant passé par le chaudron. Une fleur, ça brûle même quand elle ne nous est pas destinée. Du moins, ça brûle autrement qu'un feu de bois. C'est pourquoi tant de filles craquent lorsqu'elles croisent un mec dont les mains en sont encombrées. La fleur, au sein du règne végétal, fut la première tentative de confidence amoureuse à laquelle la nature se soit essayée. Depuis, notre espèce a beaucoup œuvré pour rendre ce langage explicite. Au point de le dénaturer. Dites-le avec des fleurs, mais la catastrophe n'est jamais loin.

5

A l'ouest, au-delà du temple, une maigreur rampante jusqu'aux berges du Logone. A l'est du marché à bestiaux, le gazon, redevenu gris, est maigre. Les maisons au toit de chaume ont perdu leur assurance et, avec elle, une partie de leur lustre. Le soir, quand la fumée s'élève, celle-ci se dissipe avec l'élégance de ce qui ne demande pas son reste. Un certain murmure s'inscrit dans leur sillage : il est bref et ne s'attarde pas dans le vide. Je comprends alors pourquoi les volutes sont si indolentes en hivernage : l'eau est le principe de la lenteur, et les nuages la transcrivent fidèlement. Les hommes et les animaux ont maintenu leurs proportions. Kim n'est pas un village du désert. Le fleuve coule à deux pas, les puits regorgent d'eau. Les Kimois se baignent ou se douchent quand ça leur chante. Les réfugiés que nous sommes n'épuisent pas les réserves disponibles. Si je me sens à l'étroit dans ses murs, c'est à cause de notre embrouille.

6

Je traverse le village. Tantôt, je rencontre oncle Nyssé, le chef, le régent, le sultan. Toujours gentil, le nobliau. Il n'en pense pas moins. On le croirait méprisant à force de déférence envers ses sujets. Il ne tourne jamais vers vous que son profil de chouette grecque. Il est toujours en allé. Disponible et pressé, magnanime et égoïste. La subite surpopulation de son canton lui occasionne quelques soucis. A son habitude, il prodigue à ceux qui lui disent bonjour : "Ça va, tout va bien ; je n'ai jamais été aussi heureux dans mes fonctions !" On peut le croire. La douane et les perceptions indirectes ne dépendent plus que de lui. Il vend maintenant des hydrocarbures. Il supplée à maintes obligations des services centraux. A quelque quatre-vingt-dix kilomètres, Bongor, le chef-lieu de la préfecture, ne répond plus. Il doit correspondre au mieux aux demandes de ses administrés. L'oncle Nyssé est un homme comblé. La saison sèche lui laisse encore le temps d'engranger des provisions. Il a fait venir deux remorques pleines de sacs de riz. Une autre a livré quarante barils d'essence. L'hivernage ne lui causera aucun désagrément. En attendant la nomination du nouveau préfet, l'oncle fait des affaires.

7

J'ai tenté en vain de converser avec Maureen. Elle m'avait dit : "Va-t'en !", elle n'est pas revenue sur ses paroles. Sa peau, chaque pli de ses vêtements protestent. Elle ne veut pas être consolée. Son désarroi m'est devenu un enfer. Du coup, j'ai résolu de lui cacher la raison de mon absence ces derniers jours.

— Si tu mourais là, m'a-t-elle dit entre deux crises de larmes, je ne saurais te pleurer plus que je ne l'ai fait pendant les vingt jours passés. Dans mes cauchemars, tu fuyais, tu nous abandonnais, Cynthia et moi. Ils étaient tellement vrais, ces cauchemars, ils étaient assommants. Je n'ai jamais autant redouté la nuit. Je la hais !

Elle parle en boucle. J'ai peur pour sa raison, qui a sombré en partie, j'en suis sûr. Ma mère s'est reprise. Elle veille sur elle, s'efforce de la faire rire. Elle y parvient le plus souvent.

— Ma fille, dit-elle, sortons. Rendons visite à tante Fibi. Je te laisse deux minutes pour t'apprêter.

Elles s'éloignent ; je les entends rire comme deux collégiennes en fleur. Sur le moment, la douleur m'empoigne, je manque de mourir, en dépit du contrôle que j'exerce sur mes sentiments. Alors, je me dis : “Comme j'aimerais rire de la sorte avec Maureen. Maman a pris ma place, c'est pas juste. Il est temps qu'elle et papa emménagent à Bongor. J'en peux plus de cette cohabitation…” Je médis de ma mère, mais elle ne saurait me vouloir du mal. C'est pour moi qu'elle travaille, c'est pour moi qu'aurait agi Myriam si les études ne la retenaient pas à Abidjan. Ma mère et ma sœur ont toujours su m'inclure dans leur complicité de femmes. Pour l'heure, ma mère s'emploie à faire revivre Maureen.

Lorsqu'elles reviennent deux heures plus tard, ma compagne rayonne. J'évite alors de la regarder. Un mot anodin de ma part, et voici qu'elle s'abandonne à la douleur. Elle y puise je ne sais quel surcroît de souffrance, qui l'enlaidit. Or, lorsqu'elle rentre de ses promenades, elle est plus belle que jamais. Je brûle d'envie de le lui dire, n'eût été la catastrophe que cela entraînerait. L'autre soir, je l'avais complimentée ; en retour, elle m'avait traité de pervers. Entre nous se donne un spectacle féroce. Chacun de nous s'en désole sans éprouver le moins du monde du remords. Et le cycle recommence, infernal à souhait.

Un après-midi, dans l'intervalle de l'une de leurs balades, je rejoins papa sous le kapokier.

— Myriam me manque…

— Elle nous manque à tous. Heureusement, elle n'est pas là pour voir notre misère.

— Je n'aimerais pas.

— Moi, non plus.

— En fait, je faisais allusion à ma misère à moi.

— J'ai bien entendu. Tu dois lui donner du temps, son choc est profond. Avec nous, ta femme n'a rien manifesté d'inquiétant. Nous ne soupçonnions pas sa souffrance. Certains événements sont révélateurs de nos fêlures. C'est comme ça.

La petite moustache carrée de papa a frémi, signe qu'il souffre, lui aussi. Redoute-t-il le pire ? Je n'osais pas le lui demander. Son profil est celui d'un homme qui regarde le large. Cette posture me sied ; moi aussi je dois m'évader.

— C'est l'instant ou jamais de renouer les liens avec l'étranger. Tu devrais donner de tes nouvelles à des amis en France. Que dirais-tu d'un nouveau voyage au Cameroun ? Tu câblerais à ta sœur, puis écrirais à quelques connaissances, même anciennes.

— Oui, papa.

C'était ce qu'il fallait faire, je l'avais envisagé tantôt. Quant à la France… A qui ferais-je signe ? A Lucie ? A l'heure où nous parlons, elle est certainement mariée. Et puis, une autre image de femme vit en moi, un amour clandestin.

— Tu devrais songer à t'expatrier avec femme et enfant, on ne sait jamais, me conseilla papa.

J'étais perplexe. Ces propos ne relevaient pas seulement du simple bon sens. Leur auteur les avait mûris, lui que les tribulations coloniales ont empêché de faire sa khâgne à Brazzaville, en 1950. A la suite d'une bagarre à laquelle il s'était trouvé mêlé à son corps défendant, il avait été renvoyé au Tchad : il y sera combattu comme un dangereux fauteur de troubles. Pendant dix ans, sous des identités d'emprunt, il avait vécu de bricoles. Il ne pouvait postuler à des fonctions en vue : les lettrés, à l'époque, n'étaient pas légion, chacun d'eux était connu de l'administration coloniale ; la moindre tricherie était vite démasquée. Il avait fini par être recruté comme agent "précaire essentiellement révocable" par les PTT de Fort-Lamy. Cette fois, les employeurs se trouvaient coincés. Ils avaient besoin de ses services, ils n'avaient pas le choix. La Poste a sauvé papa d'un bannissement qui promettait de durer. En dépit de la retraite (un an déjà), son destin de facteur ne lui a pas fait oublier sa carrière ratée de prof de lettres. C'est avec raison que père regardait loin dans l'avenir. Pour ma part, j'ai pu enseigner pendant quatre ans, mais qu'adviendrait-il demain ?

Je me suis levé, ai pris Cynthia par la main et nous sommes allés contempler le crépuscule.

8

Pour être libre, il faut être seul. Je me le répète et c'est pourtant vrai. Quand je m'éloigne du village, en direction de Koyom, le ciel, innombrable, clément et envahi par les premières manifestations du soir, se met à ma portée. Parfois, on tourne le dos aux hommes, et c'est l'enfer. On leur tourne encore le dos, et c'est le bonheur. La terre se répand devant nous, simple, unique. L'infini sans rallonge ni césure. Le phénomène a lieu à la mi-mai. Les bouviers ont brûlé la plaine. Sous la cendre perce une pelouse entêtée, qui adoucit la noirceur et tempère la solitude. La verdure, après une huitaine, se répand. Pour le flâneur, le plaisir se concerte au plus près du sol. C'est comme certains matins quand Vénus ponctue de sa lueur intermittente la fin de la nuit. Mon pas s'accorde à la marche. Il traverse l'espace, instruit par le désir d'être ailleurs. Car il n'est pas vrai que je me sente sédentaire. J'ai connu de furieux arrachements, j'en ai fait l'expérience plus d'une fois. Etait-ce en cette plaine ou dans celle, plus élastique, du rêve ? Je ne sais. Tout mon être épouse si intimement l'étendue. La plaine est charité ; ce n'est pas la marche qui m'exalte mais une énergie d'un autre ordre, impérieuse, volontaire. Comme si je voulais me défaire des nombreux pays qui sont en moi, dégager un à un les fils de leurs entrelacs. Se présenter nu, enfin. Tel un homme qui se viderait de son sang et vivrait malgré cela. Il m'importe plus que jamais de raconter cette histoire, qui est le fond de mon être. Quand j'y songe, des larmes coulent en moi. Il y pleut des gouttes, et fines. Mais, quand je contemple la plaine, c'est l'espérance qui m'étreint. Elle m'acclame, m'adoube. Rien ici, qui s'épuise en vains efforts. Un élan me soulève, qui m'accorde à un monde et à une parole. Et c'est l'apaisement. Alors le tapis de verdure déploie le plus doux des fleuves. Je glisse sur la barque des désirs. Ils s'en sont allés. Dans de tels moments, je ne suis ni père ni amant, ni frère ni fils. C'est néanmoins à ma femme que je songe, à ma sœur, à mon père, à ma fille, à ma mère. Ma vie commence sur des rives lointaines, comme ces jacinthes dont les racines caressent en même temps la transparence des eaux et du ciel. J'apprivoise l'horizon.

La fugue au cœur du monde atténue mon désespoir de n'être pas omnipotent. Cela me console des déficiences du corps. Sur la ligne où courent les futures tiges de joncs, de vétivers, de papyrus (et la flore la plus riche), s'énonce une conscience universelle. Un homme remonte la sève ténue qui est dans l'air, tout comme l'océan à l'intérieur des poulpes. Non que je veuille me fondre dans le végétal. C'est à l'amour que j'en appelle. Il essaime.

II

L'APPEL DU COLONEL

juin 1979

9
FÂCHERIE DU MATIN

Cédant à une pression qui couvait en moi depuis la veille, j'annonçai :

— Je vais à Eré.

Et, anticipant le tollé que susciterait ma sentence, j'ajoutai :

— Je vais voir grand-mère.

Ma mère s'est alors écriée :

— Emmène-moi !

J'ai serré les dents.

— Non, j'irai seul.

A ma grande surprise, elle n'a pas insisté. Sous aucun prétexte, je ne devais lui céder, pas plus qu'à Maureen. La veille, j'étais rentré tard. Je m'étais rendu à Yagoua, une ville camerounaise. Sur la rive gauche du Logone, elle fait face à Bongor. Là, au bureau de poste, j'avais envoyé un télégramme à… non pas à Alice, dont j'avais mis le destin entre parenthèses, mais à Myriam, ma petite sœur. Elle prépare une licence d'anglais à Abidjan. Au lendemain de mon retour mouvementé, toute la famille m'avait prié de lui faire signe ("Le plus tôt possible", avait murmuré maman en me prenant la main). J'avais mission de rassurer ma frangine. Le voyage m'avait permis de me sentir utile. A ce mot, je trouvais des ressources incomparables. Il convenait à la conjoncture. Ainsi, le fait de se retrouver au front rendait fumeuses les histoires d'amour, les chicanes conjugales.

Ma mère, je le sens, devine mes pensées. Elle me considère d'un air grave. Je baisse légèrement la tête, mais son regard, telle une image pieuse, pèse à mon front : il y incruste une durée, une puissance digne de la plus profonde affection. Mais d'où vient cette pointe d'austérité en lui qui me bouleverse tant ? D'emblée, je comprends qu'il faut que j'en sourie. Comme un artiste, un contrebandier des sentiments, un clandestin de la révolte, je dois sourire de tout. J'aborde un âge décisif : celui d'un individu qui ne redoute plus de regarder en lui-même. Ni la misère de mes actes, ni mes manquements ne m'accusent. Je sais désormais que je ne peux pas grand-chose pour Alice ; la culpabilité ne change rien à l'affaire, ni les larmes que j'ai versées les jours précédents. Je dois avancer. Sans céder le moins du monde à la prétendue nécessité de faire la guerre, je m'accroche à toute idée qui me paraît virile. Pour l'heure, un monde de combats s'offre à moi. En attendant, maman me jauge en silence.

"C'est tout de même ma mère ! semble souligner son attitude. – Et c'est ma grand-mère !" lui dis-je du haut de mes un mètre quatre-vingts. Cela ne lui en impose guère. Sa taille est plutôt celle d'un homme, et ses attributs s'en accommodent avec grâce. Le cuir tanné de son visage est le lieu d'une prière : je n'en suis pas impressionné pour autant. En disant non, j'ai senti ma tête s'ouvrir, mes organes s'oxygéner. Pareilles sensations me rendent jaloux de mon état.

En fait, je n'ai pas eu à guerroyer. Maman a lutté juste ce qu'il fallait, histoire de tester ma résistance. Ne lui avait pas échappé qu'il y avait bien assez de place pour deux dans la R4. Mon refus, pense-t-elle, a des motifs inavoués.

J'ai enfilé un costume de lin blanc écru. Pour Maureen, l'occasion était belle pour me railler : "On va à un rendez-vous galant ? Allons, s'est-elle reprise. Elle mérite bien un tel hommage." Maureen faisait allusion à ma grand-mère ; cependant, je pris très mal sa plaisanterie, bien que n'en laissant rien voir. Ma mère, elle, pose sur moi un regard plein d'estime. Généreuses femmes, vous êtes loin du compte. Elles auraient dû penser à ma tenue comme à un habit de deuil. N'est-ce pas la coutume par ici ? Aux enterrements, les hommes revêtent des complets à veston de gabardine. Ils plastronnent. La tendresse traverse leur visage caverneux. Le regard perdu dans le lointain, ils chantent les cantates de Bach, les cantiques des Eglises presbytériennes ou le psautier des Eglises réformées, un mélange de tradition dont ils n'ont cure. Pêcheurs de poissons, ils sont devenus des gagneurs d'âmes. Ils n'ont pas cherché longtemps pour trouver la transition. Moi, l'artiste, moi, l'enfant, je scrute leur visage, en caresse chaque grain, ausculte chaque poil, chaque ride. Un vernis brille sur leur peau, une lumière, une âme. Forcément, ils sont grands, et moi, je suis petit. Voilà, je les imagine à un enterrement, il y a foule, je me tiens en retrait de la fosse d'où émerge une tête sculpturale. Des mains agitent les pelles qui comblent un tombeau. Un visage les surplombe. C'est une statue de l'île de Pâques, mais qui bouge et chante. Certains prient, on les entend à peine. "A l'heure de notre mort…" murmurent-ils.

Qui donc me sauvera ? Quel est l'être qui m'offrira un missel à la barbe de ces braves protestants ? Lequel d'entre eux s'improvisera – juste le temps d'une oraison funèbre – prêtre de l'Eglise catholique romaine ? Quel désastre d'être si nu devant la mort ! Et d'être dépourvu du simple recours d'un rite – le rite et son poids de choses humaines… La formule magique – tout est magique en Dieu… Nos pères sont des icônes, et je suis leur écrivain. J'écris leur visage comme s'ils étaient devenus de chers disparus. Ils sont atteints de la pensée de pouvoir enfin mourir…

10

LE BLUES REVISITÉ

Sur ce je m'en allai, la route comme de juste déployée. Je devais passer par Koyom, un petit village au nord-ouest, à douze kilomètres. De là, encore sept kilomètres pour arriver au fleuve où un passeur me prendrait. La R4, elle, grillerait au soleil.

J'avais enfin conquis ma liberté, liberté d'un homme triste. Je pleure, je chante :

Il est un beau soleil joyeux
Qui scintille dans mon cœur ;

Et c'est le doux regard de Dieu
Que m'apporte mon Sauveur.

Voici l'océan de graminées, la haute toison fauve des joncs qui vont brûler puis pourrir. La saison sèche s'estompe. Les nuages sont revenus, le tonnerre, les bourrasques. Et sur l'écorce terrestre, l'herbe s'étale à l'unisson. Le chant reprend en moi, qui est un court-circuit. A dire vrai, je n'ai pas le loisir de penser à ce que font mes lèvres, étant tout à la joie de chanter les chansons : elles m'obsèdent… C'est mon corps et ce n'est plus mon corps ; quelque chose s'y rattache qui l'ouvre aux divinités dansantes. Car mon désespoir est tel que je jouis d'être et de n'être pas. Je jouis de chanter, je suis de l'air qui vibre…

La mère d'Elie avait laissé
Trois poils de son cul au lavabo !
Tralalalalère ! (bis)

Délectation !

La voiture roule, je ne la commande pas. Autour de moi, nul arbre contre lequel m'écraser. Les ravins sont peu profonds, la route bosselée. L'enivrement par la vitesse m'est interdit. Au reste, je n'en ai que faire. La vraie célérité m'habite, une accélération du diable. Pour la première fois, j'ai peur. J'arrête de conduire, comme soûlé par des émotions d'outre-monde. Je transpire. Je dois attendre que le temps reflue en moi, son rythme réglé sur mon horloge interne. Pour le moment, mon agitation dresse entre le ciel et la terre une avenue digne de la Voie lactée. Il fait pourtant jour sur la plaine.

Eré est en vue, clouée au poteau par le soleil, phare du monde. J'ai évacué ma détresse du mieux que j'ai pu. Détresse du petit enfant qui se sent rejeté. Mais on ne me la fera plus. Je sais supporter ma peine, je sais glander. Qui chante endure, qui endure enchante. A défaut de me reposer sur l'épaule de ma femme, ce n'est pas la main de ma mère que j'irai baiser. Au fond, elle n'attendait que ça, ma mère : être, et pour de longues heures, avec son cher fils. Elle m'aurait entretenu de ces balivernes de mère, fort utiles au demeurant. On revient dans la matrice. C'est une chance pour un enfant, quand rien ne va plus, de renaître, de n'être toujours jamais plus et autrement qu'un enfant. On fait alors la part belle au bonheur, ce rien qu'un autre rien reconduit sous le soleil de bonnes intentions. De bonnes intentions si souvent désarmées par la rudesse des faits, les seuls qui ne se paient pas de mots. Toutes ces idées me sont suggérées par le cri sorti tout à l'heure de la poitrine de ma mère, au moment où je prenais congé : "Mon fils !" Pour ce cri du cœur, je m'étais dit : "Elle accouche de nouveau." Aussitôt, j'avais rectifié : "Elle veut te protéger." Ma mère accouche de moi toutes les fois qu'elle me dit son amour. Mais quelque chose a radicalement changé en moi ce matin : je refuse d'être couvé. Il est temps que je m'enfante moi-même ; que je m'invente…

11

LE PASSEUR

J'attends le passeur. Il ne tarde pas à accoster, soulage sa barque et entreprend aussitôt de repartir.

— Ce que tu es pressé ! m'exclamé-je.

— Mon bon ami, me dit-il, ne le sais-tu pas ? La traversée est suspendue jusqu'à nouvel ordre. Pour ces deux, j'ai dû obtenir une dérogation.

Les voyageurs débarqués me font face en souriant. Ce sont des ressortissants de Djoumane, un village distant de sept kilomètres de Koyom et, comme ce dernier – de même que Kim et Kolobo –, situé sur la route de Bongor. Etant les uns pour les autres des cousins, l'affection me submerge tout à coup. Nous échangeons plus que des amabilités et, pour finir, nous nous en remettons, comme c'est la coutume du pays, à la paix du Seigneur.

Jacques (c'est le nom du passeur) me presse d'embarquer.

— Tu as de la chance ; ta grand-mère sera bien contente de te voir. S'il n'y avait pas eu ces Djoumaniens, tu te serais égosillé en vain : aucun Eréen ne serait venu te prendre, car les ordres sont formels.

— Nom de Dieu, vas-tu me dire ce qui se passe au village ! Les combats, que je sache, ont pris fin depuis une semaine…

— Mais qui te parle de guerre, l'ami ? C'est le colonel, il est annoncé pour tout à l'heure… Enfin, c'est une manière de dire : le chef du village et ses goumiers l'attendent depuis le premier chant du coq.

Après une pause bien calculée, il me regarde droit dans les yeux et dit avec un brin de malice :

— Pour le juron, tu es tout excusé. C'est trop d'émotion ce matin !

Je confirme en m'inclinant, signe que je fais amende honorable. Je ne tiens pas à subir un sermon en bonne et due forme. Enfin, je le relance :

— Rassure-moi : parlons-nous bien du même homme, le colonel Degoto, notre bien-aimé ?

— Tu comprends vite !

A ces mots, j'éprouve quelque honte à avoir cédé si promptement à l'enthousiasme.

— Oui, le colonel, on est bien fiers là-haut de le recevoir. Tout compte fait, il nous devait bien ça.

— De quoi tu parles ?

— De la guerre, évidemment. Tu connais le désespoir que nous avions eu à la suite de la débâcle de l'ANT (Armée nationale tchadienne). Tous ces militaires qui refluaient comme ça dans nos campagnes, la queue entre les pattes, comme des femmelettes... N'Djamena qu'on a abandonnée sans tirer le moindre coup de feu. De la part de soldats, n'est-ce pas fâcheux ? C'est même péché, quand on y pense ! On n'était pas fiers d'eux au village ! Dis, t'es d'accord avec moi ? (J'acquiesce par un hochement de tête.) T'es un brave type, je le savais ! A la guerre comme à la vie, faut savoir traiter avec de vrais mecs !... Il a donc fallu la bataille d'Eré pour que notre armée montre qu'elle en avait dans le ventre. La preuve est faite. Demain, le colonel se présentera à la table des négociations en faisant valoir ses faits d'armes. Notre village y est pour quelque chose, pas vrai ?

— Assurément, dis-je, pour dissimuler mon embarras.

Jacques a barré un long moment, le sourire aux lèvres, puis a ramé en observant des intervalles de pause. Les eaux étaient basses ; l'effort pour diriger la barque, mesuré.

— Comme tu sais, Eré est très mal située, et pas seulement sur les cartes d'état-major ! Tout le monde raille notre isolement...

Agé de moins de quarante ans, Jacques hésitait à m'appeler fils. Pourtant, il s'estimait assez vieux pour se le permettre. Peut-être avait-il à la maison deux filles à marier. Il se sentait père

– en somme, le petit père du monde. Je redoutais déjà qu'il ne m'en entretienne. Heureusement, l'embarcadère s'offrait à nous et, avec lui, l'effervescence provoquée par la venue du colonel.

12

ÉRÉ

Un majestueux *goro-kousseri* – l'iroko, plus précisément – domine la place principale, et la cerne, puis l'acclimate avec le vernis qui vient du ciel. Planté à deux pas de la maison du chef du village, le bel arbre invite à la fête. Quelques badauds attendent, plutôt distraits. Le colonel n'est pas encore arrivé. Les salutations, contrairement à l'usage, sont abrégées ; ce qui m'arrange : j'ai hâte de parvenir à la digue de la porte ouest pour jouir du spectacle. Je ne saurais cependant brûler les étapes. Il y a le charme de la place (en fait, une demi-place : l'érosion des falaises l'a considérablement amoindrie). C'est une vallée avec un important dénivelé, qui commence au pied de la maison du chef et finit à la porte nord, dans le quartier où vivent ma grand-mère et son fils. Le sable a durci l'argile ; dès la tombée de la nuit, les jeunes s'y assemblent au son du tam-tam. Au large, une île aux pentes abruptes, avec ses maisons (on n'en compte plus que deux maintenant : l'une est ronde, l'autre, rectangulaire ; les autres ont été démontées brique à brique), dévoile le vestige de l'antique village. La perspective se déroule paisiblement. Mon regard finit par s'arrêter sur un autre *goro-kousseri*, le pendant du premier. A son ombre, mon oncle

Jel et les vieux du quartier se réunissent, ne serait-ce que pour contempler les femmes qui lavent le linge ou récurent la vaisselle. Ce petit panorama me met du baume au cœur.

— Tu vois (Jacques se rappelle à mon attention), c'est ici qu'ils ont installé les BM13.

Je sursaute. Le batelier montre un figuier situé dans mon dos. Quelques mètres plus bas, de l'amas de métal – assombri par l'ombre du promontoire où les maisons se tassent, nombreuses et compactes – se dressent – la rampe en position de tir – les tubes qui, semble-t-il, n'attendent que leurs livrées de missiles. Je n'en crois pas mes yeux.

— Oui, tu ne peux imaginer comme ça a rugi !

(Oh, si ! Mon pauvre Jacques, tu ne saurais concevoir le chemin que j'ai fait avec ces machines – de Laï à Kim et, à Kim même, le soir des offensives… J'ai rugi de honte, moi aussi, j'ai rugi de peur.)

Jacques accompagne sa phrase d'une moue de contentement. Je reste sans voix. Puis, comme si j'en avais eu assez de me tenir dans ce qui n'était après tout que la plaie de notre vie – sa révélation, son obscène spectacle –, je m'en fus, en proie au dégoût.

— Au revoir, Jacques, à tout à l'heure, peut-être.

— A tout à l'heure, à coup sûr.

13

LE CHEF DE VILLAGE

J'entame la descente de la falaise dans le sens opposé au Logone. Le marché, pris entre deux étangs – l'un d'eux dévoile en son centre un îlot sur lequel s'élève une église catholique sommairement bâtie, création d'une poignée de jeunes gens en rébellion ouverte avec les deux puissantes congrégations protestantes. Les séditieux se sont improvisés prêtres, comme le ferait un laïc dans la foi réformée. Le marché, lui, est faiblement animé. Je ne m'y attarde pas. De la digue, j'aperçois une camionnette tout-terrain : à son bord des militaires, qui débarquent et, aussitôt, se disséminent dans le village, nous laissant sans explication.

— Le colonel ! le colonel !

C'est la ruée. Quoique dise Jacques, les Eréens ne sont pas tous au parfum de l'événement. Mais lui, du fait de sa fonction, a accès aux informations sensibles. Je monte vers la digue qui, quand vient le mois d'août, protège le village de l'invasion des eaux, le rendant à son destin d'insulaire. Un autre véhicule tout-terrain s'est arrêté en rase campagne, suspendant le battement de mon cœur. Des bérets luisent au soleil ; aussi loin que porte le regard, l'horizon paraît calme. Sans doute suis-je en présence des éclaireurs.

Au bout d'un moment, je commence à distinguer des remous dans le lointain. Il y a comme un groupe d'hommes en marche, une phalange aux vêtements clairs. Les détails se précisent de minute en minute. Bientôt, les gens, autour de moi, en conviennent : une délégation, cela ne fait aucun doute, vient vers nous. Cette hypothèse admise, je n'en demeure pas moins inquiet. Le chef du village et ses assesseurs ont rejoint la foule. Celui-ci semble perplexe ; il s'interroge, se débat sans que personne veuille lui demander la raison du tour que prend l'attente. Chacun a compris. Tourmenter le chef par quelque question que ce soit est un acte qui s'apparente à la non-assistance à capitaine en danger. J'évite de le regarder.

Dès le départ, le chef du village devait connaître quelque malaise. La tournure de l'actualité le transformait en hôte d'une fête organisée dans sa propre maison, mais pour laquelle on avait oublié de le prévenir. Son embarras était d'autant plus palpable qu'il ne parlait pas français. Il ne connaissait ni le braille ni la langue des signes, bien qu'il parlât une demi-douzaine de langues de la région. Il vivait là les heures ambiguës où tous ses attributs ne lui servaient à rien, tant la modernité les rendait obsolètes. Et cette modernité durait depuis cinquante ans. Il avait connu la colonisation, puis l'indépendance et, de nouveau, cette forme de colonisation que rend possible l'arbitraire engendré par la guerre. La dignité de sa fonction, sa légitimité même étaient sapées par l'improvisation d'un protocole dont il ignorait jusqu'aux rudiments. Comment accueillir le colonel, même si c'était un allié, un presque frère ? En moins de trois mois, il avait dû affronter une invasion ennemie, la guerre au village et la contre-offensive de l'ANT. Un effondrement d'une partie de lui-même avait eu lieu à cette occasion. Il avait perdu l'aptitude à vivre en paix. A présent, il acquiesçait au bonheur. La venue du colonel lui apportait, malgré une satisfaction indéniable, quelque trouble.

Parmi ses conseillers, personne ne s'y connaissait en affaires militaires et personne n'était qualifié pour communiquer avec les soldats, les journalistes, les agents de renseignements, bref, une engeance des plus futuristes. Et tout cela dans un village qui ne savait ce qu'est une carte d'état-major. Lui, le souverain, aurait un mal fou à y situer Paris.

Habillé simplement, rien ne distinguait le chef des badauds, hormis le cordon sanitaire déployé autour de lui par ses collaborateurs. Il était désespéré, ses mains restaient croisées sur son ventre. Il les décroisait à intervalles réguliers, révélant leurs traces sur sa veste. Personne ne s'en préoccupait. Le chef devint plus apathique que jamais.

Une distance de cinq cents mètres séparait les spectateurs des nouveaux arrivants. Je les voyais distinctement : c'étaient des journalistes européens. En moi, le doute a succédé à la surprise, mais la vue des caméras de télévision m'a rassuré. Au Tchad, on n'en voyait guère ; le journalisme s'y pratiquait avec des outils d'un autre âge. Je me devais d'intervenir : autour de moi les dignitaires s'interrogeaient vivement. Les curieux ne se contenaient plus : "C'est qui ? C'est qui ?" criaient-ils, voulant dire par là : "Qui sont ces gens ?"

Je ne voulais pas apparaître comme celui qui en savait plus qu'eux sur l'identité des visiteurs. Aussi me suis-je approché de l'un des adjoints et lui ai soufflé quelques mots à l'oreille. J'avais pris la peine de me présenter ; je lui ai fait savoir que j'avais vécu en France. A ces mots, ses yeux se sont illuminés. Je l'ai entretenu de la presse radiodiffusée ; j'ai insisté sur le fait qu'on parlerait d'Eré dans le monde entier. Mon contact s'est empressé de le répéter à son supérieur. J'en ai profité pour faire un pas de côté, mais l'autre m'a rattrapé, m'enjoignant de rester près de lui.

Discrètement, le chef a regardé dans ma direction. Contre toute attente, son geste m'a réconforté. Et pour cause ! J'avais foulé la terre grand-maternelle il y a huit ans – dont la moitié passée à Amiens. En débarquant ici, j'ignorais tout de l'étonnante virée du colonel. J'avais naturellement pris place dans son comité d'accueil ; je m'en excusai.

14

"L'ESPRIT DES CHOSES"

Si je devenais le chef d'un territoire de quelque envergure, et même de la terre la plus portative qui se puisse trouver, j'exigerais avant tout que la modernité me soit offerte avec l'université qui lui correspond. Et, plus que le savoir le plus universel, c'est la langue même de cette université que j'exigerais de connaître à fond. Je régnerai sur la littérature… N'est-ce pas Huysmans qui soutenait que la modernité consistait à saisir *l'esprit des choses* ? En ce qui me concerne, *l'esprit des choses* est un commerce guerrier. Le chef de village était cerné par un marché nouveau, composé de notre armée et de leurs adversaires, et qu'il fallait ménager, amadouer, en dédiant le territoire en question à chacun des deux camps sans prendre parti pour aucun. Les uns et les autres n'étaient que de passage ; le village, lui, était appelé à leur survivre. Hôtes amicaux ou hostiles, assaillants ou défenseurs, ils trouvaient sur leur route l'hospitalité d'Eré avec un degré plus ou moins élevé.

Ce bourg était devenu le carrefour pour rejoindre Bongor et Bousso (l'axe nord, sud-est) ou bien Kélo et Moundou (l'axe nord, sud-ouest). Il devait se cantonner à jouer les passeurs. Du reste, c'est ce que le chef de village avait su si parfaitement incarner. Il avait craint pour son patelin tant les boutefeux nordistes étaient assoiffés de vengeance. Le bruit avait couru que ceux-ci avaient reçu ordre d'éviter tout pillage. Les contrevenants étaient menacés de pendaison. Aussi s'étaient-ils retirés sans tapage, hormis deux viols de jeunes filles, qui avaient été soigneusement tus. La reconnaissance internationale de leur cause était à ce prix. Car eux aussi entraient dans la modernité, même si c'était par la voie exclusive de la propagande. Cette précaution n'avait pas suffi à rassurer le chef de village : il savait que les dernières recrues de la modernité n'en faisaient qu'à leur tête. En conséquence, il avait fait évacuer la cité, les semences (à défaut des vivres si patiemment entreposés dans les greniers), les animaux (quelque deux mille têtes de bovins), et certains mobiliers. Ses auxiliaires et lui, ainsi que des jeunes gens de sa famille, avaient accueilli les combattants nordistes, convoyant leurs véhicules et leurs canons par le bac. Ils leur avaient offert des sacs de riz, des kilos de sucre et de thé. Ils leur avaient donné à boire. Et, comme il est plus facile de discerner les intentions de ses ennemis que celles de ses amis – et ce fut en effet le cas –, le chef avait négocié sans interprète. Il maîtrisait assez bien l'arabe dialectal pour se passer d'intermédiaires.

La venue du colonel scellait une victoire et une partition du grand Tchad. Un ordre inédit du monde se déployait, une diplomatie nouvelle, tout à la fois civile et militaire, à l'image de ces joies, absurdes par nature, et qui sont des spasmes. Le chef sentait bien qu'il n'en aurait pas trop de sa vie pour comprendre l'événement qu'il vivait là. Une bien fraîche histoire s'inaugurait dont il devinait à peine les contours. Aussi avais-je eu peur, irraisonnablement peur et, en même temps, m'étais-je raisonnablement senti satisfait de vivre l'instant. Il suscitait une sorte d'exaltation belle et puérile, comme si l'avenir allait se congédier lui-même. Tout compte fait, il a bien fallu un millénaire pour inscrire dans le décor la littérature française… Cela pouvait constituer un motif de patience pour tout amoureux du vernis culturel. En tout cas, je me retrouvais dans le saisissement du monde à venir, un *tout à venir* qui avait le goût de la vie.

15

L'HORIZON

Je saisis enfin le sens de notre métamorphose : il est historique. Vu de la digue, l'horizon se déploie dans un soleil cru, qui me soûle de tant de vérités. Je comprends mieux le sourd refus des paysans. Eux aussi partagent notre goût de la liberté. Avec la guerre, le pays s'était perdu de vue. Le colonel représente ici et maintenant le porte-drapeau d'une attente où se manifeste notre désir d'être libres de toutes servitudes. Respirer sur la digue, aspirer un air long dans ses finales…

Les paysans respiraient eux aussi, mais ils n'étaient pas exaltés par l'horizon. Ils s'orientaient d'après des repères invisibles au commun des mortels. D'un geste, ils retrouvaient la direction de leurs champs, les villes qu'on atteignait en allant vers l'ouest. Autrefois, ils savaient par où arrivaient les invasions. Cette vision du monde a vécu. Utilitaire et stratégique était la leur, experte et romantique est la nôtre.

Pour l'instant, c'est le colonel qui anime notre espoir. Du lointain va surgir un homme et une armée, non pas pour en découdre avec nous mais pour saluer une victoire récente. Et de Kim à Kolobo, nos parents et frères se réjouissent de son entrée en scène, eux qui, d'habitude, tiennent en piètre estime les hommes politiques. Le monde a changé : maintenant les miens se rangent volontiers sous la férule des commandeurs. Ils n'ont pas eu besoin d'en débattre. Le colonel Degoto, en fédérant les soldats abandonnés à eux-mêmes, avait rendu à tout le Sud une fierté dont celui-ci se savait orphelin, sinon pour toujours, à tout le moins au cours d'une période où leur déshérence se serait révélée tragique.

Sous la lumière écrasante de midi, mon rôle s'apparente à celui du visiteur qui assume le passé et, chemin faisant, troque ce rôle contre celui de passeur du présent. Je suis le fils nouveau du village, l'un de ces fils que nos Etats modernes ont fait naître sur des valeurs anciennes, les transformant en interprètes sommés de rendre intelligibles les deux ou trois rives du nouveau monde. Je me sens dépositaire des uns et des autres, bien qu'incompris des deux camps.

Aux vieux, je dois cacher une vérité pour le moins anodine : je suis d'ailleurs, même si c'est toujours sur eux que je m'appuie. Mon présent est celui du voyeur, qui ne saurait témoigner de ce qu'il voit tant son discours intègre des références étrangères au milieu. Je sais que le village a raison, la modernité tout comme ; il leur faut seulement dialoguer, et les vieux n'ont pas appris la forme du dialogue moderne. Et c'est épuisant de s'expliquer aux uns et aux autres, de souhaiter que les vieux meurent pour qu'advienne un monde plus homogène. Le passé est ma nostalgie, c'est mon arrière-monde, ma profondeur dans le paysage. Je perds trop de temps en allant d'un monde à l'autre, et je me perds à vouloir expliquer qui je suis, car je n'ai pas besoin de m'expliquer pour être. Là, sur la digue, j'aimerais danser puisque sur la digue, en un jour comme celui-ci, on danse, on frémit. La foule, elle, est des plus sérieuses. L'infini, au loin, cache ou masque un événement considérable. Je suis là en clandestin, et ma joie aussi, et ma peine, et mon chant, et cette souffrance pour trouver un accord rudement négocié entre des langues, des mœurs, des valeurs disparates. Cela m'empêche d'être léger par moments… Sauf quand je suis seul, quand je n'ai à justifier ni mes actes ni mes pensées, qui sont solitaires et innombrables, comme le soleil en ce moment. Je le sais : quelquefois, je suis un rayon de lune…

16

JACQUES GIRAUD

Les journalistes nous ont envahis, nous libérant d'inutiles craintes. Pour ma part, j'ai souri à un caméraman de TF1. Des journalistes parisiens à Eré… moi qui ne les avais jamais croisés, même pas à N'Djamena, leur terrain d'enquête favori, lors même qu'au nord on déplorait la prise en otage d'une ethnologue française. A mon retour au pays, je devais me défendre contre d'éventuels regrets. L'on embrasse son foyer tel qu'il est : absence de presse, absence de transport en commun, absence des commodités les plus élémentaires. Par bonheur, il y a les hommes. On oublie les médias ; ici, on baigne dans l'humain – on le touche, on le traverse… Les guerres et les coups d'Etat mis à part, c'est le meilleur des mondes possibles. Or la vue des caméramans de TF1 (ils étaient deux) me rappelait un fait dont je ne mesurais pas encore la cruauté. L'horizon s'était mis à ma portée. Il me prodiguait une leçon du regard doublement inspiré : le souffle, lyrisme de la pensée. La foule, l'événement, le ciel, le lointain concouraient à une sorte d'euphorie absurde et pourtant bienvenue. Je ne boudais pas mon plaisir, au contraire. J'inhalais une puissance pneumatique. Je me redimensionnais.

Comme on se souriait pour la seconde fois, le journaliste français s'est avancé vers moi.

— Jacques Giraud, il a dit en me tendant la main.

Quelques petites rondeurs le font suer abondamment. Il me fait un clin d'œil et éponge sa tête bien dégarnie.

— Dos pelé au cou pelé ! dit-il d'un air malicieux.

J'ai eu un fou rire, en dépit du regard incrédule, puis inquiet de la foule. Jacques Giraud faisait allusion aux velléités éditorialistes de notre premier président de la République. Assisté de coopérants haïtiens, celui-ci avait fondé un journal où il s'adonnait à une forme de satire sans équivalent. Pour se moquer des grands de ce monde, il avait inventé un langage crypté. Il le faisait dans un style jouissif. A mon humble avis, Franz Tom avait accouché de la satire tchadienne – du moins, pour ce qui est de nos belles-lettres. Les Etats de la sous-région nous l'enviaient, car le fait de railler la France nous consolait de tous les méfaits de la colonisation. Il fallait l'oser. Cette action – si nécessaire et indispensable fût-elle, du moins pour des consciences lettrées et pour tout acteur soucieux de fonder la politique sur l'honneur et la probité – revenait à sacrifier sa tête sur le billot. La tragédie qui sous-tendait ce bravache de Franz Tom nous redonnait de l'espoir, lors même que nous frissonnions d'horreur. Nous vivions sous le régime le plus coercitif qui se puisse trouver en ces temps-là. Mais la vraie dictature n'est-elle pas celle où le potentat réussit le tour de force de se faire aimer du peuple ? Ce fut le cas.

Quant à la phrase de Jacques Giraud, elle s'expliquait de la sorte. *Do*, en sara, désigne la tête. L'éditorialiste du *Canard déchaîné*, un Haïtien, s'était entouré des journalistes locaux les plus compétents. Son génie fut d'introduire dans le français des mots du pays. Pour dire : "Espèce de charognards !" aux Français, il était plus élégant d'écrire : "Dos pelé au cou pelé" ! La diatribe était masquée par une orthographe des plus conventionnelles. Quant aux outrages, un style soutenu les masquait habilement. Le gouvernement français se faisait insulter à longueur d'éditoriaux, comme autrefois les ethnologues : avec des images et des vocables à double consonance. Franz Tom aimait jouer à ce jeu : le Haïtien de service, en véritable voix de son maître, le traduisait en langage codé.

— Dites, écrivez-vous par hasard pour *Le Canard enchaîné* ?

— J'aurais préféré, c'eût été plus marrant, avait concédé Jacques Giraud.

Le reporter était un fin connaisseur de nos affaires. Il avait déjà saisi que je le pensais, il m'a gratifié d'un nouveau clin d'œil. Dans la foulée, il a voulu savoir qui j'étais.

— Un enseignant, je suppose ?

— Oui, professeur de lettres.

— Je l'aurais parié.

— J'ai fait mes études à Amiens, ai-je ajouté.

— Moi, à Tours, puis Lille.

— Quel a été l'état de la route jusque chez nous ?

— Ma foi, pas trop mal. Ce soir, nous dormirons à l'hôtel. C'est un luxe non négligeable par les temps qui courent.

Puis, il a changé de sujet.

— Vous l'avez déjà rencontré ?

— Le colonel ? Non, pas encore.

— Un grand homme, vous avez. Sa récente nomination au ministère de l'Agriculture et la victoire d'Eré l'ont fait monter dans l'estime de ses adversaires. Et bel homme avec ça !

Je l'attendais, le cliché. Prévenant, Jacques Giraud est revenu à la charge :

— Sans blague, il est beau, joueur, séducteur… Certes, il oublie des documents secret-défense dans des endroits peu recommandables, mais quel homme n'a pas son talon d'Achille ?

Cette tirade m'a laissé admiratif. Du coup, j'ai reconsidéré mes sentiments à l'égard des nouvelles fonctions du colonel. J'avais oublié exprès qu'il avait été nommé ministre dans le gouvernement provisoire de mars dernier. Les factions nordistes lui avaient attribué, non sans ironie, cette charge comme pour le renvoyer au vert paradis de ses origines : le Sud, pays des cultures. Mais le colonel méritait mieux qu'un poste de vendeur de coton à la France. Son destin devait le mener au ministère de la Défense. S'il tenait vraiment à ce portefeuille, il se devait d'affronter quatorze ligues nordistes soucieuses chacune de leur identité. La refonte dans l'armée nationale s'avérait impossible. Ainsi l'a emporté le Nord. Les événements avaient balayé les politiques au profit des maquisards à la petite semaine. Dans ce paysage recomposé, le colonel Degoto devint à mes yeux une sorte de demoiselle qu'on recycle avec des essences chlorophylliennes.

Il n'était pas seulement un beau gosse, il avait fini par revêtir l'apparence d'un jeune dieu. En peignant sa virilité, le caméraman me redonnait confiance. Sans façon, le colonel Degoto redevenait *l'homme*, vocable qui, à Eré, avait créé quelques décennies plus tôt une de ces guerres intestines comme les villages savent les produire. Les jeunes, dans leurs conversations les plus narquoises, avaient pris l'habitude de traiter leurs propres géniteurs d'hommes. Ils disaient : "*L'homme* a fait ceci, *l'homme* a fait cela..." Les vieux, eux, entendaient : *lom, lom*, un mot désagréable à l'oreille, un nom à coucher dehors, un mot, qui plus est, désignant en éréen un mollasson. Les conséquences de l'imbroglio furent désastreuses. Si les jeunes avaient voulu dégoûter leurs parents du français, ils pouvaient se vanter d'avoir réussi. "Qu'avons-nous fait pour mériter ça ?" s'indignaient les vieux. Leur souffrance ne pouvait laisser indifférents les gens de passage. "*Lom*, mon Dieu, quelle horreur !" murmuraient leurs lèvres déconfites. Sur la digue que voici, ils s'invectivaient, se pourchassaient de quolibets. Certains adultes refusaient de nourrir leurs gosses, d'autres les priaient d'aller habiter ailleurs. L'humour, une vertu si prégnante chez eux, avait pris la clé des champs. Les pasteurs ont proposé leur aide, en vain. Les mères n'ont plus su où donner de la tête. Même le chef des pentecôtistes – la congrégation la plus influente – n'y avait pas réussi. Partout a régné une atmosphère de profonde discorde. C'est alors que les jeunes sont revenus à un langage plus décent. L'homme, ont-ils fini par admettre, n'est pas un terme pour désigner son père. Et le statut de père qualifiait tout ce que le village comptait de mâles adultes. Dire que des morveux s'étaient amusés à les ridiculiser. Il est des digues contre lesquelles certains assauts sont des crimes.

17

LES ANCIENS

Les vieux, visages à barbe (et leur corps velu), sont des êtres qui en voudraient aux poissons de se montrer plus lisses que l'eau elle-même. L'effort, il est vrai, les a usés. Tels des arbres séculaires, leurs bras sont parcourus par des veines à ce point boursouflées que c'en est effrayant. D'ailleurs, les tout petits enfants évitent leur contact. Lorsque la tendresse les submerge, ils ouvrent les bras, et voilà les petiots qui s'enfuient. Avouons que le rire des vieux est caverneux, leurs yeux sont rouge sang. Ils ne sont pourtant pas en colère. Ils sont tout sourire, mais les gosses ne le voient pas. Déçus, ils jurent, ils tempêtent. Et, pour les plus sensibles, le venin du doute s'insinue en eux, qui les rend archaïques à leurs propres yeux. Les voilà qui se méfient maintenant de leur ombre.

J'aimerais caresser leurs rides, suivre les crevasses de leurs bras ligneux. Où que je me tourne, leur présence me poursuit. Ils parlent une langue perdue pour la modernité, ils s'appuient sur un monde qui a vécu. Hélas, c'est avec moi, avec nous, que l'Histoire a changé de langage. Elle s'écrit à présent avec un stylo et du papier, et nos pères ne peuvent pas lire. Ils sont malheureux et, le plus souvent, nous ne nous en apercevons même pas. Nous sommes toujours à côté. Une page, c'est toujours à côté d'une lampe, à côté d'un mur et, avec la lampe, avec le mur, se fait jour la nécessité de composer avec une solitude qui, à en juger par la frayeur qui se peint sur leur visage, représente la détrempe de notre âme. C'est peu dire que nous sacrifions à des divinités inconnues, à jamais recluses et peu enclines à la confidence.

Sur la digue, les vieux contemplent la page d'une nouvelle histoire de l'homme. La mienne est plus modeste : ils n'en savent rien. C'est sous les vétivers qui cernent la digue que j'avais appris le courage. A Kim, il y a de cela deux décennies, je me souviens que mon cousin Ilyssa m'avait conduit sur les lieux où les villageois font leurs besoins. Le crépuscule s'installait à grands pas. Tout à coup, j'ai été culbuté et, le temps de m'en rendre compte, un cochon mâchait le petit tas de merde sorti tout chaud de mes entrailles. J'avais été bouleversé. Mon pantalon avait-il survécu à l'assaut du furieux animal ? Ai-je été blessé ? Combien de temps suis-je resté sous les vétivers sans comprendre ce qui m'arrivait ? Ilyssa en avait-il ri ? Et qu'ai-je pensé de ces agressions d'un autre âge, où même la solitude vous est dérobée au moment de l'intime expulsion ? Je n'avais pas eu le temps de m'interroger, le cochon revenait à la charge.

— On a dû l'affamer, celui-là, avait plaisanté mon cousin. Je parie qu'on l'a privé depuis trois jours. Alors, il se venge, tu comprends ? Remarque, ce sont d'excellents équarrisseurs. Nos rues sont saines, le ciel brille…

Son discours me laissait sans voix.

Il avait raison au moins sur un point, ce bougre d'Ilyssa : la propreté du village. Mon déboire avec le cochon ne fut qu'un avatar initiatique.

Nos grands-parents en avaient connu d'autres. Nous continuons à observer les rites de la bravoure, de la loyauté et du courage, mais en utilisant un idiome qui vient des livres (et y retourne, toute lecture faite). Les vieux ont perdu le privilège de nous initier ; nous y pourvoyons tout seuls, comme des grands, et en français…

Une fois revenu au village, j'ai vu que le regard d'Ilyssa avait changé d'expression. Il me considérait comme un homme. J'avais réussi l'examen de passage ; désormais, il se ferait fort de faire passer le message aux autres. Grâce à la fringale d'un cochon, j'étais devenu un guerrier. La bête immonde sur laquelle tant de têtes savantes avaient fourbi leurs arguments théologiques m'ouvrait l'univers des initiés.

18

LE COLONEL

Jacques Giraud fait claquer ses doigts pour réclamer le silence. (Tiens, il s'illustre comme maître de cérémonie.) Le public lui obéit instantanément. L'irruption du colonel, sans même que j'aie eu le temps de le penser, me fait confesser bruyamment : "Oh, qu'il est beau !" Le Français soupire d'aise. Quel ridicule je fais. A dire vrai, l'apparition du colonel me rappelait l'incroyable excursion du général de Gaulle sous l'équateur, le 30 janvier 1944, à Brazzaville. Notre héros, lui, est arrivé soûl sur la digue. Oh, cela se voyait à peine. On pouvait mettre son ivresse au compte de l'exaltation. Son visage d'enfant mille fois bichonné ruisselait de sueur, qui éclaircissait son teint et rehaussait l'éclat de ses yeux. Il souriait avec malice, la tête légèrement penchée vers la droite, un AK47 dans la main gauche, qu'il agitait inconsidérément. J'ai d'abord eu peur. Une balle, ai-je pensé, pouvait s'en échapper au moindre faux pas – comme si une bévue de la sorte était concevable envers son auguste personne. Le colonel forçait trop sur son jeu pour que je me fasse du souci. Au contraire, je me devais à une liberté égale à la sienne si je tenais à comprendre l'heure présente.

Il continuait de sourire, non pas pour rien – ni même bêtement –, mais pour lui-même, comme ces fous dont tout semble nous indiquer qu'ils se comprennent. C'est un fait avéré qu'ils se moquent de paraître bizarres à nous autres normaux. Le colonel jouissait de nous voir subjugués par lui. Peu à peu, nous avions commencé à sourire : chacun de nous s'y appliquait comme s'il était seul avec lui-même. Ou bien comme les nubiles, quand elles s'émerveillent de l'évolution de leur corps. Jalouses, elles s'efforcent d'éviter le regard plein de désir qui, à trente mètres de là, effleure leurs jeunes seins, leur sexe, leur démarche… La conduite du colonel nous mettait dans de pareils états. Il s'aimait et par là nous incitait à l'aimer. Il se parlait avec amour, et nous en faisions autant. Je touchais enfin au secret de son charisme.

Au physique, le colonel n'avait rien du général de Gaulle. Il devait mesurer un mètre quatre-vingts – un peu plus ou un peu moins en comparaison à ma taille. Il était habillé d'un treillis flambant neuf. Sa sécurité se tenait à une bonne distance, ce qui lui laissait toute latitude pour se mêler à la foule. On sentait qu'il aimait ça. L'AK47 devenait son sceptre. Le colonel voulait paraître comme l'officier que rien ne distinguait de ses troupes. Tel était le style du capitaine Doubaye, tout le village le savait. Cela amusait fort le colonel de copier son subalterne. D'ailleurs, il s'était bien gardé de demander à celui-ci de l'accompagner. Le colonel tenait à parader seul. Quand il souriait, ses pommettes, en plus de la malignité qui se reflétait en elles, dévoilait une manière de générosité ambiguë. Ainsi se révélait le détail qui faisait son succès auprès des femmes. Nonobstant la séduction attachée à son grade, ses amantes espéraient pouvoir orienter son âme, sinon vers le monde, du moins vers leur modeste personne. Et le colonel, lui, ne regardait jamais les gens ; il planait.

19

LE DISCOURS DU COLONEL

Quand nous sommes arrivés dans la cour du chef, le colonel a survolé son monde puis a commencé son discours lorsque son hôte lui a donné la parole. Ses premiers mots ont été ceux d'une sourate, à la grande surprise des villageois. Je savais qu'il s'était converti, mais la vraie raison du reniement de sa foi – protestante, en l'occurrence, lui qui était fils d'un pasteur de renommée nationale – c'était son amour des femmes (tout vrai soldat se devait de baiser sans pécher), et le ravage qu'opérait le fétichisme dans l'armée. Dans la carrière des armes – tout comme celle de président de la République –, on se doit d'être Grand Féticheur (GF). Le colonel avait l'obligation de se protéger contre l'animosité des voluptueux et contre la dangerosité de la vie militaire. Il se devait d'être GF lui aussi. Peu de gens à Eré savaient que le colonel était de leur bord. A Moïssala, son village natal, son père, un chef de village lui aussi – en plus de sa charge pastorale –, avait, à l'image des Eréens, coupé les liens avec le paganisme. Son colonel de fils, lui, a renoué avec les forces primitives. On soutient que celui-ci lui aurait lancé dans une boutade : "Engage-toi dans l'armée, et tu sauras que les dieux existent, les puissances maléfiques et l'inéluctable malchance." A ces mots, le père aurait souri : "Tu feins d'ignorer que je fus autrefois un homme-lion, car le roi de la brousse reste le totem de notre tribu à ce jour. Mais j'ai résolument tourné le dos aux pratiques occultes, lesquelles maintiennent les gens dans la peur du monde…" Je regarde le colonel, et c'est pourtant l'évidence : il a le visage d'un lionceau, sa peau a la nuance du pelage de l'ancêtre totémique. Sa volupté est aussi celle du bel animal. Comment n'ai-je su le voir plus tôt ? Tout en lui respire une langueur distinguée.

Après la sourate XLVIII, 1 ("Oui, nous t'avons accordé une éclatante victoire afin que Dieu te pardonne tes premiers et tes derniers péchés"), il enchaîne avec la sourate XXII, 74 : "Ils n'ont pas estimé Dieu à sa vraie mesure. – Dieu est, en vérité, celui qui est fort et puissant", nos oreilles, alors, bruissent d'une rumeur et sainte et grave qui vient de la modulation propre à cette langue vraiment divine qu'est l'arabe coranique. Le chef de village a baissé la tête, ainsi que la plupart des gens réunis pour le meeting. Bien sûr, nous résistons au charme de ses phrases et, cependant, force est de le reconnaître : nous devenons un peu plus musulmans du simple fait de s'en imprégner. Le colonel le sait qui entame son laïus comme s'il nous avait jeté un sort.

"*Bism Allahai, Ar-rahman, Ar-raheem*... Eréens, Eréennes, moi, colonel Degoto, je poursuis ici l'œuvre entreprise au lendemain du 12 février 1979. Je me dois d'offrir à chaque sudiste la quiétude. Vous avez le droit de vivre en paix sur vos terres, quand bien même nos ennemis se refusent d'avoir les mêmes égards envers un si noble commerce. C'est leur affaire, ne nous en mêlons pas. Ils veulent un Tchad en flammes ? Qu'ils le réservent à leurs frères ! C'est pour cette raison que je vous ai envoyé le bataillon qui a bouté hors de vos murs la coalition des forces de Hassane-Hissène et Goukouni Oueddeye. Le gouvernement provisoire, constitué à Kano, qui fait de moi le ministre de l'Agriculture, doit être complété, en ce qui nous concerne, par un dispositif administratif dont je dévoilerai la teneur à mon retour à Moundou. La capitale du Logone occidental sera désormais mon QG. Les cinq préfectures de la zone méridionale ont besoin d'un comité permanent où siégeront le conseil militaire, les préfets, ainsi que les généraux Djim et Drotte, auxquels, solennellement, je tends la main aujourd'hui. Eréens, Eréennes, l'armée vient de remporter une grande victoire. D'autres combats nous attendent : sachez qu'ils se dérouleront sans exception hors du Sud. Nous avons massé nos forces aux frontières, elles freineront nos assaillants.

Et vous, braves gens, consolidez notre armée par le fruit de votre labeur. Chaque élève doit à présent retrouver le chemin de l'école – chaque maître, chaque professeur. Je lance le même appel aux fonctionnaires et à tous ceux qui travaillent dans le secteur privé. La tâche est grande mais combien exaltante. *In cha' Allah !...*"

Spontanément, la foule a répondu *"Amin !"*, malgré sa défectueuse compréhension de l'arabe dialectal, et malgré la non moins défectueuse traduction en éréen. Il y avait une telle euphorie à entendre le colonel. A coup sûr, on lui pardonnait d'être devenu musulman. Et puis, on n'était jamais sûr de rien avec cet homme. Il était trop futé pour qu'on le rangeât dans un seul camp, et trop séducteur pour qu'on lui résistât.

Les paroles du colonel rendaient notre jouissance indicible. La raison en était le fait qu'un musulman, pour la première fois de notre histoire (et ce depuis le XVIIe siècle), se proposait de nous défendre. A notre grande joie, le colonel narguait les esclavagistes venus du nord comme s'il s'était agi pour lui de souiller leur sanctuaire, lui qui les combattait avec une détermination que seul justifie le zèle pour la saine doctrine. Il leur était infidèle par la foi, par la race, par la prééminence militaire. On ne pouvait mieux blasphémer – sacré colonel ! Le fait même que son pedigree fût connu de tous rendait sa fréquentation plus que plaisante. Je réalisais enfin ce qu'était notre chance. Le destin nous avait gratifiés d'un guide parfaitement arabophone, un atout majeur pour l'échange avec les autres chefs de factions et, éventuellement, leur base arrière : la Libye, le Soudan et même l'Algérie. Désormais, après avoir louangé Yahvé, nous pourrions aussi proclamer : *"Allah 'u akkbar !"*

20

L'APOSTROPHE

Lorsque le colonel m'a adressé la parole, j'ai eu l'impression que le chef du village, Jacques Giraud et les autres lui avaient déjà parlé de moi.

— Jeune homme, tu dois rentrer à Bongor sans plus tarder. Je t'y retrouverai la semaine prochaine.

Il se tenait en face de moi (mais le visage de trois quarts), nos têtes se touchaient presque et, comme je l'avais déjà remarqué, il dérobait toujours le regard. Cette proximité n'était pas à mon avantage. Réduit à scruter ses traits après que j'ai serré sa main, je ne pouvais qu'être ému. Ma tête résonnait de son invitation, mon corps en était tout retourné. Je le contemplais comme tout à l'heure sur la digue lorsqu'il nous avait abordés en vedette débutante (il était si imbibé...). Sur la digue, je l'avais surplombé un petit moment. Puis les caméramans, les photographes, le prince et ses assesseurs ont inondé la scène. Peut-être était-ce à cet instant-là qu'il m'avait remarqué. Ou bien ici : je m'étais placé en contrechamp, une dizaine de mètres nous séparaient. Ceux dont le regard sans cesse fuit voient mieux que ceux qui dévisagent frontalement. Le colonel survolait son monde pour mieux s'en pénétrer. Sans attendre, j'ai pris congé : je brûlais déjà pour le rendez-vous de Bongor.

Un jeune lieutenant s'est approché de moi.

— Voyagez dès demain, ne tardez pas.

C'était Lombaye, son ordonnance.

21

L'HORIZON *(bis)*

Jadis, face à la plaine, nos ancêtres avançaient masqués. Il fallait marcher à l'ombre des talus ou se laisser porter par le chant des roseaux. L'air, science exquise, vous rendait invisible ou bien vous mélangeait à la poussière. L'équanimité des guerriers, leur atout divin, c'était d'avancer à ras de terre comme en vue d'exécuter une variante de la danse du ventre. A ce jeu-là, la passion autant que la folie trouvaient chacune sa place. Jamais on ne cheminait à découvert. Un ami, un frère, votre père lui-même vous accompagnait faire vos besoins, le bouclier dans une main, un couteau de jet dans l'autre. A son dos était attaché un carquois bien fourni. L'accompagné, lui, muni de la houe, assenait deux coups secs et brefs au pied des vétivers. Il enterrait l'immonde dépôt à deux pas des négriers tapis dans les fourrés. Ils guettaient la merde, car telle est l'idée qu'ils se faisaient d'eux-mêmes et des autres hommes. Parce que le village était autrefois fortifié, les marchands d'esclaves attendaient que s'aventurent hors les murs quelques insouciants. Je comprends que les nôtres n'aient pu s'adonner au plaisir de la contemplation. Ce soir, en flânant à travers la plaine, je ressens joie et frayeur, panique et extase. Les divinités me surveillent. Dans l'air qui murmure, les ancêtres me prodiguent des conseils de prudence. On rencontre toujours un ennemi caché, un ennemi secret. Des trouble-fêtes permanents, voilà ce qu'ont été ces siècles de rezzous. On frémit encore aujourd'hui de voir une silhouette, un cheval, une voiture dévaler du lointain et, petit à petit, grossir puis emplir l'espace. On frémit toujours comme aux temps anciens. A la fin, le bruit ou la poussière – ou les deux – enveloppent l'apparition. Le fantôme s'est incarné ; il devient féerie et menace, car l'étendue s'anime.

22

L'ADIEU A GRAND-MÈRE

Je pense enfin à ma grand-mère… Je dois courir vers elle, lui procurer tout ensemble la joie d'embrasser son petit-fils et cette forme de danger qui est le propre de la surprise. Je suis déjà en nage… La R4 attend sur l'autre rive, l'heure avance et grand-mère voudra me faire manger. Elle demandera à l'oncle Jel d'apprêter une chèvre forte et grasse, une de ces chèvres qui dorment dans la vaste antichambre de sa maison. Plusieurs fois pendant la nuit, elle se lève, leur parle, les compte puis se recouche. Son geste m'émeut. Je n'ai jamais été en tête-à-tête avec grand-mère, toujours Myriam était de la partie. Or, entre Myriam et moi il y a cette absence grande comme le monde. Là-bas, à Abidjan, la guerre ne l'atteint pas. La veille, papa m'a dit : "Va au Cameroun, envoie un télégramme à ta sœur." Je me suis exécuté. Aujourd'hui, je lui ferais bien un câble où j'ajouterais : "VU GRAND-MÈRE. STOP. ELLE SE PORTE BIEN. STOP ET FIN."

Le tourment de ma sœur ressemble au chagrin de ceux qui, amant, mari ou frère, n'ont pas eu la chance d'enterrer les leurs – le fleuve, la guerre ou l'incendie ayant subtilisé leur corps. Pour les endeuillés de cette sorte, tous les crépuscules du temps qui passe viennent embraser un cœur veuf à jamais. Dans les moments de peine, le soir, tout nous abandonne. A cette heure déclinante, j'aimerais étreindre Myriam. Hélas, me répond un désir saupoudré de lacune.

23

CODA OU MON PÈRE

Père a une manie : dès qu'il s'éloigne du village, il se met à herboriser. De ses promenades bucoliques, il rapporte plusieurs variétés d'herbes (plusieurs graminées, mais aussi quelques-uns de leurs fragments : une ligule, une paire d'épillets, un entre-nœud, un pédicelle, une glume, un paléa, une lemma, etc.), et les enferme soigneusement dans des pots de confiture. Depuis que je suis petit, je l'ai vu faire. Rien de surprenant que je puisse nourrir à l'égard de l'espèce herbacée un amour des plus tendres. Tout à l'heure (je m'en avise seulement là), le colonel, j'imagine, a dû fouler aux pieds quelques résidus de vétivers, d'*Aristida adscensionis*, de *Dactyloctenium ægyptium*, de *Rottbœllia exaltata* ou d'*Imperata cylindrica*... Pour nommer les herbes – hormis celles qui sont employées comme fourrage –, les Kimois disposent de très peu de termes. Père, lui, recourt systématiquement à la taxinomie des livres de botanique ou aux compilations relatives aux pâturages naturels du Tchad, tous ouvrages destinés aux techniciens agricoles. Il fait son miel de ces bouquins. Et moi, marchant sur ses traces quand survient l'avant-crépuscule, je me penche avec effusion sur une modeste *Chloris sphacelata*.

Les Kimois l'appellent *soussou*. A la mi-septembre, ses inflorescences forment une main ouverte au vent, lesquelles, tacitement, appellent des brusqueries enfantines. Jadis, je brisais sa tige, la plantais entre mes dents et m'en allais la frimousse réjouie. Au cours de mon âge tendre, les fleurs n'étaient pas encore mon souci. Et voici que le crépuscule se hâte. Qu'offrirai-je à grand-mère ? Et comment lui dire que je repars de ce pas ?

III

BONGOR

1979-1980

24

PORTRAIT DU COLONEL D'APRÈS LE PEUPLE *ET D'APRÈS LE* DICTIONNAIRE DES CITATIONS

La gloire n'est jamais où la vertu n'est pas.

LE FRANC DE POMPIGNAN, *Didon*

Il n'est pas sûr que le peuple comprenne, sinon le mouvement au cœur de la phrase, au cœur de leur cœur. Car j'avais retrouvé à mon retour tout Kim enfiévré. La nouvelle de la visite du colonel leur était parvenue, je ne sais par qui. Il faisait soleil en eux, et nul ne se serait avisé d'écrire :

La gloire est le soleil des morts.

BALZAC, *La Recherche de l'absolu*

Leur joie apportait la correction nécessaire à la funèbre sentence. Le tombeau ne reflète jamais que le soleil ou la lune, c'est-à-dire une lumière morte – quand dalle et marbre viennent d'être posés.

On blêmit toujours au spectacle des *Grands Cimetières sous la lune.* A Kim, un amas de terre, une planche d'argile suffisent pour honorer le défunt dont l'ultime demeure, ainsi que l'exigent nos coutumes, est toujours aménagée comme un dépôt provisoire. Celle-ci attend que passe la saison des pluies pour recevoir la dalle. Le ruissellement révèle les failles ; on retasse le tertre funéraire. On bâtit ensuite avec confiance le mausolée (un mélange de briques rouges jointoyées au mortier de ciment et badigeonnées à la chaux).
Kim festoie, et au colonel,

La foule en liesse lui dansait un accueil à la porte des remparts,

KOUROUMA, *Monnè, outrages et défis*

lesquels se sont écroulés depuis quelque soixante-dix-neuf ans sous le coup des trompettes de Jéricho, je veux dire les trompettes de l'armée française. L'irruption du conquérant blanc avait été un moment d'extase. Les esclavagistes étaient défaits ; les remparts n'avaient plus aucune utilité. Bientôt, aux percussions et tam-tam succéderont des cantiques. Justement, Pâques avait subi la guerre, et l'Ascension, elle, avait salué la délivrance d'Eré. Les prêcheurs n'ont pas manqué d'associer les deux événements, et le colonel, rameau de notre renaissance, fleurit dans notre cœur comme le nouvel Adam.

Tu l'as fait de peu inférieur à Dieu. LE LIVRE DES PSAUMES

On blasphème toujours quand on aime trop. Les miens n'échappent pas à la règle. L'adoration des principes élémentaires, des fleurs, de la femme et toute forme d'idolâtrie, les miens s'en sont libérés depuis longtemps. Ils adoubent le colonel, ils aiment l'image victorieuse que celui-ci incarne à leurs yeux, ils aiment aimer. En petits groupes, en bandes et sarabandes, ils se racontent, se flattent d'être les fils et filles du Tout-Puissant.

Bism Illahi ! LE CORAN

Ils auraient pu ajouter cela aux mille et une interjections qui fleurissent leur bouche. Devrais-je leur rappeler que le colonel est un musulman ? Aussitôt ils me répondent :

Et Dieu dit à Nabuchodonosor, roi de Babylone, mon serviteur, va, punis Israël. LE LIVRE DE JÉRÉMIE (On lira aussi avec profit ses Lamentations.)

— Tu vois, même un païen peut contribuer à faire avancer la

cause de Dieu en asservissant le peuple élu.
— Je vous le concède ; la gloire du colonel doit demeurer sans tache.
Et voilà que mon père s'en mêle en citant les grands penseurs de la Renaissance :

Tous ceux qu'anime et que soulève l'esprit du Christ possèdent la vraie théologie, soient-ils fossoyeurs ou tisserands.

TH. QUONIAM, *Erasme*

Je suis bluffé – et en long et en large. Je laisse à ma mère l'exploration de la profondeur, elle qui entre dans la joute citatoire par ces mots :

Tes entrailles sont saintes, mère qui as enfanté le divin enfant.

L'ÉVANGILE SELON SAINT MATTHIEU

Et Maureen achève le portrait de l'enfantement du monde :

Déployons les rameaux.

L'ÉVANGILE SELON SAINT MATTHIEU

J'aime, quand la touche maternelle préserve le futur homme de toute tentation conquérante. Ainsi la madone n'abandonne pas l'enfant aux séductions de la force. Napoléon ne devient pas Bonaparte. Une chose est sûre : l'Esprit souffle parmi nous. Je manque de courage pour ajouter au concert des miens un fragment de la sourate II, 246 :

LE CORAN

N'as-tu pas considéré
les Anciens du peuple d'Israël après Moïse ?
Ils dirent à leur prophète :
"Donne-nous un roi,
nous combattrons alors dans le chemin de Dieu."

Les miens, sans exception, s'efforcent de dire semblable vérité. Leur cœur chauffe, et c'est un tel plaisir de les voir si frétillants ! Adouber un chef, lui abandonner la tutelle de la raison, quelle aubaine ! Ils sont devenus fous, je ne les reconnais plus. Ils crient, ils piaffent, ils s'interpellent. C'est trop drôle ! Et c'est trop païen, je le souligne, moi qui les connais bien : ils se ressaisiront. Contre toute attente, ils ne recherchent pas le combat, ils en ont perdu le goût il y a trois quarts de siècle. Ils se bercent d'illusions. Cultiver la terre, pêcher, chasser, ce n'est pas défendre une cité contre des occupants nombreux et endurcis, ni organiser la survivance pendant un siège. Le temps des négriers est révolu, les victoires d'antan ne sont plus que des expédients pour l'imagination, car l'exercice qui aide à les réitérer, plus personne ne s'y applique. Chaque Kimois s'assure tous les soirs que son fils a bien regagné son lit après qu'il a fait la cour aux jeunes filles sous le clair de lune. L'astre nocturne est là pour flatter l'ego des amoureux. Cependant, il ne saurait procurer la force qui sied au soldat jeté corps et âme sur un champ de bataille. Les jeunes gens, les Kimois les préfèrent plutôt vivants que morts. Et si le colonel s'avisait de les enrôler de force, l'ivresse du village retomberait tout net. Comme le souligne la sourate citée tantôt :

LE CORAN

Mais lorsque le combat leur fut prescrit
ils tournèrent le dos
– à l'exception d'un petit nombre d'entre eux –
Dieu connaît les injustes.

L'admiration du colonel a des limites. Le village, frustré de fêtes et de réjouissances, avait saisi l'occasion pour s'éclater. Le spectateur que je suis vibrait d'aise. L'air du soir s'est trouvé tout à coup transformé. L'heure n'était plus aux questions. Tout nous invitait à danser, à chanter, à brailler des mots et des cantiques plus ou moins audibles, plus ou moins sensés. Car l'évocation du colonel par les villageois (ils ne l'ont jamais vu) fédérait nos attentes autour du grand événement. Chacun éprouvait en lui-même comme une sorte d'impératif : retrouver la vraie vie, le vrai visage, le vrai sang et le vrai corps du colonel. Pour des protestants, il y avait là comme la négation implicite de quelques-uns de leurs dogmes. C'est à cet instant-là que l'inouï s'est produit.

Les flammes d'un brasero ont subitement éclairé la place du marché. Aussitôt ont retenti des percussions. Nous étions comme médusés, et comme agressés dans notre être. Passe encore que le village, à l'instar de celui d'Eré, puisse faire naître en son sein des pentecôtistes. Après tout, ce sont des frères dans la foi, de tout proches voisins si l'on fait fi de leur épanchement sentimental, qui est vulgaire à souhait, et si peu respectueux de soi et de Dieu. C'est la raison pour laquelle les pentecôtistes, malgré leur immense talent, n'ont pu construire chez nous un temple. A Kim, catholiques et charismatiques sont *persona non grata*. Mais qu'entendons-nous là ? De vrais coups de tam-tam, un roulement digne des tambours-majors. Et, déjà, nous ne savons plus sur quel pied danser.

Il n'est pas de tentation qui ne vous amorce de l'intérieur. JACQUES

La peur, une peur sainte, le cède peu à peu, pas à pas et note après note – et par quart, tierce et demi – à la curiosité. Nous accourons pour voir les fils du diable qui jouent du tam-tam, une bande d'infidèles. A l'image des enfants d'Israël, ils ont pris soin de cacher leurs idoles et, prétextant la visite du colonel, les ressortent pour nous tenter, nous rouler dans la farine de la chair et des stupres… Comme si un chef de guerre était le prophète du Tout-Puissant. Comme si danser pour Dieu c'était danser pour la gloire du fils de l'homme, cette créature… Non seulement quelques-uns d'entre nous se mêlaient déjà à la danse – en pareil cas, il faut savoir compter avec l'irrésistible frisson qui se saisit de celui qui en a été sevré trop tôt –, mais certains blasphémaient en citant les Psaumes pour se justifier :

Glorifiez-le avec le tambourin et avec des danses !
Glorifiez-le avec des instruments à cordes et le chalumeau !
Glorifiez-le avec des cymbales sonores !
Glorifiez-le avec les cymbales retentissantes !
Que tout ce qui respire loue l'Eternel !

A cette déclamation injurieuse ont répondu un concert de youyous, des salves d'applaudissements et des bruits les plus divers, les plus invraisemblables. Les jeunes filles se trémoussaient sous le regard réjoui de leur maman. Leur papa, les anciens, les diacres faisaient mine de ne rien voir tout en opinant du chef. Ils avaient peur d'approuver en paroles, lesquelles pourraient être retenues contre eux quand viendraient les sanctions. Car il n'avait échappé à personne que le bon pasteur, Jacques Tadang, ainsi que ses suppléants, Guilou et Sédé – tous deux prénommés Jacques, car tel est, par le plus pur des hasards, le nom de baptême des dirigeants de notre église : on en rit encore dans les chaumières ! –, il n'avait échappé à personne que le pasteur ne s'était pas mêlé à la foule, d'où s'élevaient en ce moment même des voix pour dire :

— On va pas excommunier tout le village ! s'exclame un jeune homme.

— Tout de même pas ! lui répond une voix indignée.

— Y a pas de pasteur sans brebis ! Ça s'est jamais vu ! tonne, avec malice, un pékin.

— Oh oui ! répond en chœur la foule.

— Et puis, s'amuser c'est pas pécher ! clame une voix fraîche.
— Ça c'est vrai ! lui répliquent les autres.

Et la danse repart de plus belle. C'est alors que ma mère est entrée dans l'arène en exécutant la danse des épaules, cette danse qui, autrefois, faisait le désespoir de ma sœur. Quels que fussent ses efforts, elle n'arrivait pas à imprimer à son buste la souplesse spirituelle autant que divine, qui confère feinte élasticité aux os et à la chair, au point de les rendre espiègles, comme si le corps se pâmait et, de la sorte, instillait des vibrations : elles font saliver sans retenue les spectateurs… Quand la danse atteint pareil sommet, la danseuse sait alors qu'elle incarne une luxure sublime, comme l'est en ce moment ma mère, belle, grande, majestueuse. Elle se donne comme elle ne l'a jamais fait, car Myriam n'est pas là pour en prendre ombrage. Sa prouesse sonne mon ralliement à la belle parole du sage :

La grandeur d'un chef se mesure à sa capacité à rendre heureux son peuple.

LAO-TSEU

On peut dire que cette nuit nous avons été gâtés, vive le colonel ! Le lendemain, papa me confiera :
— Sais-tu pourquoi on n'a pas vu le pasteur Jacques Guilou et ses acolytes ?
— Tu vas me le dire.
— Ils se sont enfermés dans l'église et ont bu tout le vin de la Cène.
— Tu plaisantes ?
— Voilà le mot que j'attendais ! Justement, en matière de plaisanterie, on murmure que, toute la nuit, le pasteur répétait les mêmes insanités : "Bandit, Satan, trois fois bandit, bandicon, salaud, saligaud, macaque, marâtre de mes deux, arrière de moi !…" Je suis stupéfait ! Arrêtons la mascarade, il est temps.

25

LE GLAND
(portrait du colonel en peignoir)

Après une attente de trois heures (l'ordonnance s'était contenté de me dire : "Le colonel est occupé", phrase dont je prendrais la mesure longtemps après ; ensuite, il m'avait conduit au salon où un divan faisait l'angle d'une table d'apéritif), mon hôte, dans un peignoir blanc, daignait enfin se manifester. Du premier coup d'œil, je l'associai à une apparition sexuée. Je m'étais morfondu là, j'avais tout entendu. Il n'empêche : je détestais être reçu dans un tel apparat. Suis-je une femme ? Le serais-je que je m'en trouverais encore plus offensé. Ce ne sont pas des manières ! Car sous la douceur du peignoir s'excite le gland du colonel. Cela, les filles le savent bien, raison de plus pour qu'on leur épargne cette indécence. Une jeune femme convoquée par lui sait ce qui l'attend. Il ne leur laisse même pas le temps de mouiller. Il escamote le délicieux moment de la marinade, l'exquis salivement des organes. Entre les filles et lui, il y a le peignoir qu'il tombe derechef pour les entreprendre. Après le premier orgasme, il remet ça. Trois heures s'ensuivent, entrecoupées de râles, de soupirs, de glapissements, de jappements, de bruits de torture, d'étranglements, d'étouffements, et, enfin, de pauses où le colonel coule un scotch frais, allume de petits cigares qu'il fume à peine. Au vrai, il n'aime que leurs volutes, ne hume que leur parfum. Les petits cigares de havane, c'est le masque pudique qui sied à sa fatigue, lui qui ne goûte pas la discrétion. La pudeur, c'est une odeur de chienne, tel est son jugement. Une chienne de vie qu'il tisonne sans cesse pour en ressentir l'âcre bonheur. Il boit puis retravaille l'infortunée.

Je ne me rappelle même plus avoir eu à traverser la préfecture (les allées et leur alternance de sable et de galets sonnaient sous mes pas), ensuite les bureaux puis la zone résidentielle et, soudain, le saisissement de la première visite que provoque l'arpentage d'un parc et ses nombreux recoins, ses innombrables énigmes. Le savant mariage des couleurs, leur déploiement en une manière de parterres ocre, blancs et verts m'a ravi. Mes pieds foulaient un domaine dessiné par les colons ; les Tchadiens avaient su le maintenir dans l'état : les caïlcedrats et les rôniers, les frangipaniers tout odorants, ainsi que trois pins parasols m'ont enchanté. Le colonel occupait la maison des hôtes, qui est à tout point de vue conforme à celle du préfet. Par "maison des hôtes", on entendait par là "maison du président de la République". L'administration avait construit pour lui une demeure où il pourrait passer une heure agréable avant la nouvelle étape d'une visite ou officielle ou impromptue. Un grand bâtiment de style colonial avec terrasse sur le toit dressait au-dessus du perron son parallélépipède rectangle comme un vaisseau amiral. Un bâtiment "dégraissé", une flotte ramassée sur elle-même tel un athlète solidaire de ses muscles. L'architecte qui l'a conçu a su le profiler. De loin, on ne soupçonnait pas toujours l'épaisseur des murs. C'est en son sein que j'avais pénétré tout à l'heure, heureux de sa fraîcheur et de ses voussures. Quelques heures plus tard, sous le haut plafond, le colonel s'est avancé vers moi. Je me suis levé dans une posture un peu raide, étant incapable, pour le coup, de lui dire les mots d'une politesse convenue. Je ne pouvais aller à lui, son peignoir, vous comprenez ?

Sa main gauche entoure un verre de scotch, et l'or fin de la liqueur colore ses doigts, flatte tout ensemble leur fermeté et leur adhérence. Par ce détail, je crois tenir le motif qui lui fait tant aimer les femmes : c'est qu'il aime la beauté, et la beauté le lui rend bien. Pour elle, il bande. Bientôt je l'entendrais pérorer : "Jeune homme, vous voilà..." Avant de lui manifester mon acquiescement, j'ai le temps de noter une chevalière à la place de l'alliance, laquelle est réverbérée par l'alcool contenu dans le verre. Le colonel est malade des femmes. En leur présence, il flippe, dérape, bave. Il devient cochon, mais un cochon qui se soucie de l'anneau d'or qu'un dieu voluptueux a égaré dans la boue. Un anneau d'or, oui, et que recherche comme un damné un gland de chêne. Tant de preuves d'amour envers la féminité me déroutent, surtout lorsqu'elles sont produites par un homme d'allure distinguée, mais qui aime les femmes comme on s'imagine que seul pourrait le faire un boucher. Le colonel veut capter le moindre indice fastueux chez la femme, tout éclat charnel, toutes rondeurs festives, toutes pommes d'amour… et voilà qu'il les débite comme une pièce de bœuf. Il ne regarde pas les femmes, sinon à sa manière ; il se saisit d'elles comme si elles étaient les propriétaires, à tout le moins les dépositaires d'un don qui les dépasse. C'est pour cette raison, estime le colonel, qu'elles nous font courir, nous autres mâles. Lui a trouvé la parade. A défaut de les vider du désir qui le fait courir après elles, il s'est arrangé pour inverser le mouvement : à présent, ce sont elles qui se pressent autour de sa queue. De gré ou de force, il les oblige, car il ne saurait se résoudre à attendre que l'alchimie prenne. Il suffit qu'il désire l'une d'entre elles, et merde à la victime ! Du lieu d'où j'observe la grande solitude où il manigance, la distance se creuse davantage entre lui et moi.

Au fait, que ne se débarrasse-t-il pas du peignoir pour enfiler une tenue décente ! Les deux bouts de la ceinture du peignoir se reflètent dans le miroir en pied, lesquels répondent aux glands des rideaux de la porte-fenêtre. A ce spectacle, je me dis : "Ainsi s'amusent les rois, ainsi s'ébattent les dieux !" Le colonel a fait de nous ses compagnons de débauche. Son peignoir a beau être blanc, sa chevalière a beau contenir de l'or dix-huit carats, il demeure le cochon qui ne débande jamais. Dire qu'un jour on l'allongera dans un cercueil et que quatre glands orneront le corbillard qui convoiera son cadavre... Il sera bien le seul homme qui emportera sa passion dans la tombe, un gland de chêne au revers de la veste !

Comment ai-je osé penser ça ? Serait-ce parce que j'aimerais voir le colonel se conduire autrement ? Il aurait dû se montrer plus pudique. Un gland à la fenêtre, un gland de pied en cap. Pitié, bonhomme ! Le plus grand homme de notre cause est un glandeur ! Avec raison nous prend-il pour des blaireaux ! Nous n'incarnons aucune espèce d'imposture à ses yeux, nous sommes juste des pions, mais des pions qu'il désire, étreint, presse. Puis il nous rejette. Nous sommes au service d'une furie : avec quoi l'apaiser ? Comment lui redonner la conscience de la fatigue ? Comment lui redonner la conscience de la mort ? Comme si son comportement n'était pas assez dégoûtant comme ça, il se gratte les fesses à intervalles réguliers. Il gratte l'immonde... A Kim – oui, je sais, ce n'est qu'un village, aucun philosophe officiel n'y réside ! –, on vous morigène pour moins que ça. Car le doigt qui va si souvent à l'anus finit par ramener de la merde. Le jour où cela arrivera au colonel, nous aurons bien honte. Pas lui, évidemment.

Sa propension à se vautrer dans le stupre m'interdit de le trouver chic. Je m'en veux d'éprouver à son égard pareil sentiment. A supposer que, en manière de repentir, il se représentât devant moi avec un costume tout neuf, et avec les insignes de son grade, je le trouverais néanmoins sale ; je réprimerais, sans le vouloir, un haut-le-cœur. Le colonel, en vivant au rythme des orgies, c'était comme s'il nous entraînait dans une partouze perpétuelle. Ce faisant, il accroissait l'exigence morale, lui, l'iconoclaste. Faire faire des choses aux gens contre leur gré, je me permets de le dire platement, c'est mal. Pourtant, je ne suis pas un partisan de l'ordre bourgeois – pas plus que le colonel, qui, lui, veut triompher de ses travers, même s'il s'y prend de fort mauvaise façon. Il voudrait vaincre son gland, filer le plaisir comme l'on file la métaphore, et jusqu'à la mort, et jusqu'à cette vie qui commence après la mort.

Il baise, fume, avale un scotch et rebaise. A toute heure, à toute vie. Il n'a cure des autres. Il revient à son aide de camp de signifier à qui demande audience – en personne ou au téléphone : "Le colonel est occupé." Il ne saurait renseigner davantage. Sa bouche ne délivre jamais que trois phrases : "Le colonel est occupé – Le colonel vous attend – Le colonel vous fait dire que ses valises sont faites." Trois phrases qui ne sont que la variante de la première. L'ordonnance, quand il ouvre la bouche, ce n'est jamais que pour vous fixer sur le désir du colonel : sa bite, la belle affaire !

26

ORTHANCE

Pour le colonel, le monde, quand il se révèle sensuel, est ce qui nous pend où vous savez. Cette vérité est incompréhensible pour le père de famille qui baise sa femme avec ou sans la conscience du péché. Un père de famille catéchisé. Et les autres aussi, au nombre desquels bien des femmes, c'est-à-dire tous ceux qui ont délibérément choisi de se détourner de la volupté. Pourtant, elle luit sous le soleil, le colonel le sait. Il est à l'affût du moindre signe de luxure. Il y répond par pure gourmandise et, de plus, en s'autorisant le choix : il n'acquiesce jamais qu'à la beauté. Il n'aime qu'elle, et tout de suite, sans délai. Parce que ça lui tape sur le système, qu'il en a gros comme ça sur le gland. De la sorte, les filles de l'étoffe d'Orthance deviennent ses victimes. C'est avec elle qu'il baisait tout à l'heure. Elle s'était éclipsée dans le jardin lorsque celui-ci m'a rejoint ; plus tard, en quittant le colonel, je tomberai sur elle, surpris de la trouver seule, une cigarette à la main. Les filles sont consentantes – au moins, au début. Par la suite, elles deviennent endurantes. "On fait avec", ainsi s'énonce leur philosophie. Elle aggrave leur attitude, je veux dire, l'urbanité qui se niche toujours au cœur de la résignation. Car le désir est énergie. Il surgit comme un volcan, tout en étant assez propre sur lui-même pour attirer le regard, assez roué pour laisser espérer sinon des manières, à tout le moins des qualités qui ne demandent qu'à être découvertes. Au nombre desquelles une merveilleuse paire de cuisses (presque moites) ; des mollets de rêve (mi-abricot – pour la couleur –, mi-orange – pour le jus, le véritable jus qui gonfle les pores) ; et des fesses jumelles auxquelles répondent des seins eux aussi moites : les unes l'emplissent par-derrière, les autres par-devant ; et des bras fuselés, bien à leur place, offerts et déférents, qui ont en dépôt cette manière d'art, la seule qui soit vivante (n'en déplaise aux défenseurs de Phidias) ; des bras à jamais balancés, à jamais rendus à la fortune de la jeunesse, qui vous honorent par une bonté digne de Diane, l'amoureuse ; et, pour finir, l'esprit qui bat, et dans le cœur, et dans les fesses, et dans les seins, et entre les jambes et entre les cuisses – bon Dieu, les cuisses !… C'est là, quand la mâle main les effleure, quand le monde s'effondre et, s'effondrant, augmente le courant qui avait atteint le colonel lors même qu'il vidait son whisky tranquillement dans un coin. Il bande. Rien ne saurait plus l'arrêter. Il est colonel, ce titre fait à lui tout seul le reste. Et entre les cuisses la femme n'est plus qu'une chair languide, et la vertu qui va avec, et se décline mouillée, mouillante… "Colonel ! colonel ! je suis morte !" hurle Orthance. "Non, ma fille, lui répond le bourru. Mon beau fantassin n'a pas encore ouvert le feu !"

En ces termes se traduit l'alphabet de son désir. L'alphabète que son membre déchiffre lettre après lettre obéit, s'offre encore et encore. Son intelligence à elle n'aura de cesse que de tourner autour du maître désir.

Il n'y a pas de doute : cette Orthance est une baiseuse. S'il est vrai que le colonel exerce sur les filles du monde entier un droit de cuissage, qui lui commande d'assouvir l'érection provoquée par leur présence et solaire et sensuelle, c'est qu'il n'y peut rien. Il y a consenti une fois pour toutes. Comme les soûlards qui boivent sans soif, à la limite, on peut soutenir qu'il baise sans désir. Chez lui l'urgence de copuler veille l'arme au pied. D'où sa colère contre Hassane-Hissène, son ennemi n° 1 :

— Ah, le salaud ! s'écrie-t-il subitement au moment de me signifier mon congé. Je lui offre la grande affaire de sa vie : baiser et rebaiser jusqu'à la fin des temps, mais lui ne pense qu'au pouvoir ! Quand comprendra-t-il, ce fils de pute ? Baiser, quoi ! Etre, grand dieu ! Mais, lui, cherche à vaincre. Il n'a jamais vraiment joui, il ignore l'exquis bonheur de s'abandonner après la bataille…

27

A la sortie de mon entrevue avec le colonel, j'avais compris que celui-ci ne nous sauverait pas du péril nordiste. J'en avais eu la preuve décisive le lendemain même. Le préfet nous avait conviés au bal donné en son honneur. La veille, à mon arrivée à Bongor, la surprise avait été pour moi d'être accueilli à la préfecture par un presque frère : Emile-Mercy. A la suite de la débâcle de N'Djamena, il avait eu la bonne idée de se replier dans notre chef-lieu. Il ne supportait pas l'inaction. Aussi assumait-il la charge de secrétaire général de la préfecture. Nous avions beaucoup ri de cette rencontre inopinée. Le futur conseiller du colonel que j'étais appelé à être trouvait en Emile-Mercy un autre conseiller, mais plus sûr et plus informé. J'en étais ravi.

Quant au bal, tous les notables bongorois y étaient conviés, accompagnés, il va de soi, de leurs chères épouses – du moins, celles qui avaient l'étoffe de tels étalages. A ce concours de beauté d'un type assez spécial, seule la femme du procureur de la République faisait l'affaire. Une pénurie de talents d'une si grande envergure m'avait désolé. Une ville entière prise en défaut, c'était incroyable ! Notre cité m'a alors paru mesquine, rapiate, inqualifiable… Quant aux jeunes filles, le colonel y avait lui-même pourvu : sa cour personnelle avait été aéroportée ; le spectacle était pour le moins impressionnant. Maureen, ma compagne, venait de débarquer de Kim, mais elle avait prétexté la fatigue pour décliner l'invitation. De même la partenaire d'Emile-Mercy : elle s'était fait porter malade. L'épouse du préfet s'était dérobée en faisant valoir de très bons mobiles. J'avais l'impression d'être à un banquet de jeunes veufs. Nous entourions un roi et ses amazones, comme des convives amusés, amusants ; des convives dont rien ne justifiait la présence, sinon le désir de plaire au prince. Nous étions là pour lui servir de garniture. Comme en des temps antiques, il aurait pu, sur un signe de la main, emporter une épouse ou une autre pour se soulager. Le procureur de la République avait quand même couru le risque. A la préfecture, on avait insisté pour que sa femme sauve l'honneur de Bongor. Personne ne se doutait du drame qui allait advenir : nous étions incapables de nous le représenter.

Vers la fin du bal, entre le dessert et le café, le colonel m'a alors interpellé. Son discours ne pouvait se justifier que s'il était adressé au maire ou au préfet : l'un et l'autre étaient présents.

— Qu'est-ce que cette ville ? Elle n'a même pas un kilomètre de route bitumée ! Avec ça, comment s'étonner de son manque d'élégance ? Sur quel terrain ressent-on le mieux l'euphorie de glisser vers une proie jeune et lisse, si ce n'est sur les routes les plus urbaines ?

J'ai accueilli ces mots par un grand sourire. Le colonel avait peut-être inspecté Bongor à notre insu. De notoriété publique, on savait que tel avait été son style. Autrefois, il sillonnait N'Djamena soir après soir en s'arrêtant dans ses boîtes de nuit, surtout le *King Jazz*, où les jeunes gens les plus huppés, ainsi que leurs fiancées, se montraient.

— Tu sais, à Moundou, il y a au moins l'asphalte qui mène de l'aéroport à la Cotontchad. Ce bout de goudron me fait exister…

— Mon colonel, je vous comprends, ai-je claironné, à la désapprobation muette des représentants de la cité.

Le colonel s'était exprimé sur ce ton parce que c'était sans doute la première fois qu'on abondait dans son sens. Il s'était montré enchanté. Je suppose qu'il avait pris ma réponse pour un compliment. Les jeunes N'Djaménois ne lui cédaient jamais leur amoureuse, dussent-ils l'affronter physiquement. Fidèle à sa réputation, il préférait la castagne à la honte d'essuyer leur refus d'obtempérer. Il devait toujours payer de sa personne, car, le lendemain, il savait que tout N'Djamena conterait sa mésaventure. Aussi aimait-il administrer à ces petits morveux une saine déculottée. A ses yeux, l'affront verbal était par trop chevaleresque. Il lui préférait la bonne raclée du soldat.

— Tu me comprends vraiment, jeune homme ?

Me voilà déboussolé par son instance. Que voulait-il dire à la fin ? Pressé de répondre, je lui lançai, en tremblant :

— Si la vie est une noce, on devrait, avant le ballet des cygnes, l'inaugurer avec la plus virile des bagarres !

— Epatant, mais t'es épatant, jeune homme !

Tous les regards ont convergé vers nous, mi-admiratifs mi-incrédules, tant le colonel hurlait de joie.

— Discutons-en une autre fois, veux-tu ? C'est bien la première fois qu'on me parle de la sorte !

— A votre service, mon colonel ! ai-je ajouté, tout éberlué par mon audace.

Déjà je sentais que mon adhésion était allée trop loin. Il y avait quelque chose de malsain à répondre à un homme : “Oui, mon colonel !” J'avais le sentiment d'avoir accompli une reddition, quand bien même des soldats, partout dans le monde, répondaient de la sorte à leurs supérieurs. Acquiescer comme ça, c'était comme abdiquer à soi-même. Je découvrais combien cet acte était douloureux, et peut-être le ressentais-je de cette façon parce que je n'étais pas un soldat. Aussi quittais-je le banquet au plus vite afin de retrouver une relative solitude.

Avant même qu'il ait terminé sa phrase, Orthance lui a servi un nouveau verre de bière, car il venait de vider le précédent sous le coup de l'émotion. Ni le préfet ni Emile-Mercy ne comprenaient l'enjeu de notre échange, et nous ne tenions pas non plus à nous en expliquer. Les mots que je venais de prononcer m'avaient permis de voir ses yeux – du moins, il me les avait offerts quelque dix secondes. J'ai alors eu la sensation d'examiner l'homme qu'il était à travers le prisme glorieux du cristal.

Non, il ne cherchait pas à mourir, comme je l'avais pensé l'autre soir, quand je l'avais entendu baiser. Personne n'a jamais cherché à mourir en faisant l'amour. Il recherchait la vie, il aimait à aimer charnellement et physiquement : le recommencement ne lui faisait pas peur. Aussi ne chérissait-il que les filles du Sud, celles dont il connaissait les manières. Il adorait leur générosité. Jamais elles ne l'avaient vraiment fait souffrir. C'était tout le contraire avec les filles du Nord. La race septentrionale, le sang hamite, le soupçon de transparence de la peau leucoderme : l'abîme n'était jamais loin avec ces filles-là. Or lui voulait vivre. Ces métisses de Nègres et d'Arabes, ces

Négro-Sémites avaient des allures de gazelles et le profil romain de femmes de Pompéi. Ses relations avec elles avaient toujours donné lieu à des catastrophes, soit que ses conquêtes d'un soir se refusassent absolument, soit qu'elles ne soutinssent pas sa brutalité sexuelle. Elles arrivaient au *King Jazz* au bras de leurs amants, qui étaient des héritiers de la finance nationale. Il était plus facile d'évincer un président de la République que d'offenser le nom de ces gens-là. Leurs filles se refusaient par principe. Nous, dans le Sud, paraissions à leurs yeux comme de grands sauvages – à tout le moins pour ce qui est de la chose sexuelle. En vérité, pareille sauvagerie était partagée : aux gens du Nord la revanche meurtrière pour réparer un viol ; à ceux du Sud l'ignominie de désirer cela qui se refuse, non pas au nom de l'amour, mais au nom des diktats tribaux.

Le colonel n'aimait rien tant chez les Négro-Sémites que l'élégance racée, même s'il la savait par trop aristocratique, je veux dire instituée comme un article marchand, qui, à l'usage, décevait ses promesses. La noblesse de façade ne recoupait pas celle des vérités intérieures. Le cœur qui s'était laissé séduire découvrait alors que ces filles n'avaient été conçues que pour soutenir des valeurs de palais – leur ornement, leur parure. Or le colonel, lui, désirait faire l'amour comme si l'on devait faire tomber les murs de toutes les bastilles, à commencer par ceux de l'amour courtois.

Depuis toujours l'homme du Sud est ébloui par la femme du Nord. Au début des années 1960, ce sont elles qui fournissaient le contingent des filles de joie. C'était au quartier G***. En ce lieu, quelques ministres entretenaient des filles ou venaient prendre du bon temps, au grand dam de Franz Tom, le président de la République. Après de nombreuses mises à pied, toutes couronnées d'échec, il avait fini par les railler dans les colonnes du *Canard déchaîné*, à la grande hilarité du pays. Le colonel est le digne continuateur de nos ministres bons vivants.

28

Je ne me souviens plus très bien de l'instant où le banquet a viré au drame. L'orchestre, sur le perron de la Maison des Hôtes, avait entamé *Dunia*, sa chanson fétiche. Bongor avait eu la chance d'héberger le Chari Jazz, l'orchestre national, lui aussi contraint de fuir N'Djamena. Et c'était Chiquito lui-même qui chantait, le soprano à la voix de castrat. J'avais abandonné la table des convenances pour m'approcher des musiciens : il m'importait de les voir exécuter le morceau qui, depuis dix ans, n'avait cessé de nous donner des frissons. Assister à un concert est une émotion qu'aucun disque n'égale, et j'étais heureux de le vérifier une fois de plus. Mes lèvres remuaient en même temps que celles du chœur. Je ne m'étais pas vraiment éloigné de nos illustres convives, car, d'une certaine façon, la belle stature de la femme du procureur me retenait parmi eux. J'ai alors pensé qu'elle était mûre pour la convoitise. La plantureuse incarnait un monument solidement campé sur sa croupe de femelle. Ses épaules luisaient comme deux collines de marbre poli par Michel-Ange. En vérité, Joséphine – car tel était son nom – possédait plusieurs des qualités qui sont propres aux juments.

La force qui se dégageait d'elle était loin d'égaler la fougue du bel animal. Joséphine était d'une douceur à faire pâlir de honte le plus bestial des lascifs. Tout le monde s'étonnait de sa fidélité à son mari, un grand homme tout maigre et tout noiraud, et qui bégayait quelque peu. C'était oublier la profonde reconnaissance qu'elle vouait à son époux. Bien que venant d'une famille de pasteurs huppée et respectée – une noblesse de la connaissance et des principes, qualités qui n'avaient pas empêché ses deux sœurs de se dissiper dans une vie de demi-mondaines –, Joséphine, elle, n'avait jamais perdu de vue ses devoirs envers son homme. Elle lui devait d'avoir redoré l'honneur de son père. Elle lui devait aussi l'aisance et le confort qui l'avaient rendue si enviable. La noirceur de son mari était de celles qui organisent et sous-tendent la transparence du basalte : elle y mesurait, comme dans un miroir, l'étendue de sa dette. Joséphine formait avec son époux le couple le plus mal assorti et aussi le plus bourgeois qui se puisse trouver dans nos murs. Le juge, lui, semblait régner sur les reliques d'une justice républicaine à jamais condamnée, même si son titre en imposait encore à la petite bourgeoisie locale, ainsi qu'aux petites gens. Joséphine s'affichait sinon comme la gardienne du temple, à tout le moins comme la prêtresse concupiscente d'une maison où sa seule présence était une invite à jouir. Par sa manière d'être, elle désarmait toute violence, hormis celle du désir. Elle rendait la sensualité licite à nos consciences de musulmans et de protestants. C'est ce détail-là que nous avions perdu de vue, et qui a dû encourager le colonel à commettre l'irréparable.

Car, tout à la joie de savourer *Dunia* – dont c'était la reprise –, j'avais ressenti dans mon dos un frisson d'effroi. Je me suis retourné lentement. Le colonel avait quitté sa place et se tenait à deux pas de Joséphine. J'avais supposé qu'il lui avait demandé de danser avec lui, ce que l'adorable jument a dû décliner : elle connaissait sa notoriété d'affreux jojo. Maintenant, le colonel entamait un flirt des plus appuyés. Joséphine a d'abord feint d'ignorer ses avances.

Même si j'étais trop loin pour entendre les paroles du colonel, j'avais néanmoins compris que celui-ci sollicitait de lui parler en aparté. C'est alors que Joséphine a lancé, presque lyrique :

— Mon colonel, faites-moi danser !

— Avec plaisir ! s'est-il exclamé, tout surpris du retournement de la belle convoitée.

Moi non plus je n'en avais pas cru mes oreilles. Pressentant une imminente catastrophe, je m'étais blotti dans le recoin des grandes portes qui ouvraient sur le perron, comme pour me soustraire aux ravages de la honte, une honte majuscule, et dont je saisissais déjà qu'on ne s'en remettait jamais, de quelque matière que l'on fût composé. La musique ne me parvenait plus qu'assourdie ; pourtant, l'orchestre jouait à deux pas. Un grand froid est tombé sur l'assemblée. Joséphine a interrogé des yeux son mari, lequel a soutenu son regard un petit moment pour ne plus fixer que son assiette. Alors l'épouse que nous avions sacrifiée pour la cause a ri, ce qui nous a épouvantés. Sonnait dans son rire comme la confirmation d'une lâcheté fort ancienne – pour ne pas dire de toujours – de son mari. Ayant de nouveau ri (la sueur l'avait tout à coup inondée, qui menaçait la fraîcheur de son chemisier de soie turquoise, lequel découvrait aussi bien son cou royal que ses larges épaules), elle a prononcé le prénom de son époux :

— Edgar, mais voyons ! Edgar…

Personne n'a bronché, ni l'interpellé ni l'assemblée.

Que signifiait cet appel ? Le pauvre Edgar devait-il buter notre adorable "colon" afin de faire respecter ses prérogatives de mari ? Cette invitation à danser n'était-elle, en fin de compte, que l'amphithéâtre d'un tribunal ? Et quel tribunal ? Celui qui fait respecter les lois ou celui que défient des sourcilleux de l'honneur ? Et, dans ce cas, quel juge pourrait jamais rendre pareille justice ? Et avec quels moyens ?

En regardant l'incroyable pas de deux de nos protagonistes, j'avais plutôt eu la sensation d'assister à une mise à mort, non pas devant des spectateurs épris de valeurs, mais devant un conglomérat de produits frigorifiés, constat qui m'avait révolté dans la mesure où l'enjeu du procès dépassait la simple application du Code pénal. Il en allait de l'existence de chacun de nous. C'était assez pour que je méprise mes compagnons, et moi avec.

Entre-temps, la voix du colonel a retenti :

— Venez, madame, ça ne sera pas long.

Le maître du bal a avancé vers sa cavalière, mais il était évident que la danse était le prélude à ce que nous n'osions nommer. Il lui a pris la main, une main devenue du latex, je veux dire sans volonté. Le public a pris le parti de ne pas suivre la scène, la tête baissée comme des pingouins qui prennent un bain de soleil. Le colonel a entraîné Joséphine vers sa chambre, tandis que celle-ci regardait vers son mari, lequel fixait toujours son assiette. Joséphine marchait à reculons, en souriant, mais son visage était inondé de larmes. Dès qu'ils échappèrent à ma vue, je m'enfuis par une porte dérobée. Il est des spectacles auxquels je m'en voudrais d'assister, et celui-ci en faisait partie. Il représentait une exécution publique. Pourtant je n'ignorais rien des ébats du colonel, mais cette fois il avait – et sous mes yeux – méthodiquement tué un homme un semblable. Même si je ne croyais pas à la justice divine, il me semblait tout de même que la justice des hommes, un jour ou l'autre, lui demanderait des comptes.

29

J'ai trouvé Maureen au salon, qui s'appliquait à lire. Mon air déconfit lui a redonné je ne sais quel sursaut d'orgueil et d'estime de soi. Elle souriait, c'était bien cela, elle ne capitulait pas – et d'ailleurs, pourquoi, et devant qui ?

J'avais déjà pris l'habitude de dormir dans la bibliothèque quand je rentrais tard. Les réunions nocturnes m'offraient l'occasion de réviser nos discussions, geste qui, souvent, m'exposait à l'insomnie. A défaut de réchauffer nos relations conjugales, je m'offrais régulièrement des nuits blanches. Je ne rencontrais nulle présence après mes sessions à la préfecture, même si je savais que mon épouse dormait dans la pièce d'à côté. En ces heures tardives, cela me fit tout drôle de voir Maureen encore debout. Elle lisait pour tuer le temps. Sa posture, dans le halo de la lampe-tempête, avait charge d'amour. Interprétant l'atmosphère qui régnait autour d'elle comme un encouragement, je lui confiai :

— Dis-moi, quel intérêt peut bien tirer un grand homme en humiliant un autre de rang inférieur, quand bien même il pourrait s'offrir sa femme de mille et une façons ?

— Je ne vois qu'une réponse possible : le grand homme n'est en fait qu'un petit homme !

Sur le visage de Maureen, il est passé une nuance que j'ai considérée comme étant l'expression du mépris. Sa tirade m'agaçait quelque peu : elle opérait par bonds, en passant d'un extrême à l'autre. J'attendais plutôt de sa part un jugement plus affiné.

— Je connais bien cet argument, lui ai-je concédé. Seulement, celui-ci n'explique pas tout. A moins de faire tenir ensemble le grand et le petit homme, ta dialectique ne tient pas la route.

— Tu as bien raison, mais je ne tiens pas à admirer ce porc !

— C'est vrai, je l'avais oublié…

— Garde-toi de me raconter ses turpitudes.

— Au contraire, il faut que tu saches.

— Je ne veux rien savoir !

— Mais ce qui s'est passé cette nuit, tout Bongor le saura demain. Mieux vaut que tu sois au courant.

— Quiconque s'avisera de m'interroger, je dirai, sans la moindre hésitation : "Je n'en sais rien !"

L'ayant considérée quelques secondes, je trouvais qu'elle avait de la prestance. Elle avait exigé que mon non-aveu soit une sorte de place forte : elle ne tenait aucunement à l'assiéger.

— Tu as raison, ai-je reconnu. Je suis parti de la réception pour n'avoir pas à conter le désastre dont je t'accable. Les mobiles de ma fuite ne sont pas si éloignés des tiens. Bonne nuit, Maureen.

— Bonne nuit, mon chéri.

Dormir ; au moins, essayer, mais je ne pouvais. Cette hâte à prendre congé de Maureen était due au fait que je voulais méditer les événements de la soirée. Or une fatigue soudaine m'avait saisi, que provoquait la présence de Maureen. Cela faisait bien longtemps qu'elle n'avait pas été témoin de mes tourments. La nuit paraissait vide ; la fatigue, le sommeil, la méditation n'étaient que fausses pistes. Je voulais étreindre une forme de repos qui me soulageât de mes contrariétés. J'avais besoin de Maureen, tout simplement. Dans la tiédeur nocturne, ma découverte me faisait l'effet d'une livrée de glaçons aux vertus apaisantes. J'avais atteint ce stade où l'on ne pense plus ; où l'on est sans être, petite fleur qui poudroie au-dessus de la conscience, avant que le jour ne l'efface du champ des souvenirs. D'ailleurs, comment n'ai-je pas su entendre ce besoin plus tôt ? Il avait retenti dans la voix de Maureen lorsqu'elle m'avait signifié son refus de reconnaître en la personne du colonel un être digne d'estime. Elle me disait son désir.

J'ai souri du chassé-croisé de mes pensées, j'ai promené mon regard sur les rayons de la bibliothèque, j'ai compté mes livres, ai caressé des yeux leurs titres. Aucun d'eux ne faisait le poids ; l'expérience humaine les éteignait comme la geste malheureuse des avortons. Je compris alors que c'était la vie qui permettait les livres, et non l'inverse. C'était le sang, la sueur, les fleurs et la mort. Ou c'étaient, malheureusement, les excentricités du colonel, ainsi que l'humiliation du procureur. A présent, les titres de mes bouquins pâlissaient un à un, et leur contenu avec. Même la reliure de quelques-uns d'entre eux ne les rehaussait pas dans mon admiration. Ces livres, contre toute attente, me révélaient que je me tenais du côté du réel, de la chair et de l'existence. Que, sans même prétendre au statut d'auteur, ma vie avait néanmoins infiniment plus de valeur que la leur ; que la plus maladroite phrase que je pourrais commettre sur notre soirée aurait plus de poids qu'une vérité d'encre.

A ce stade de mes réflexions, j'ai écarquillé les yeux. Les livres étaient là ; leur couleur et leurs caractères n'avaient subi aucune avarie : ils paraissaient indifférents aux pensées qui m'agitaient. Du reste, je n'en ai pas tenu compte. J'ai poussé la porte de la bibliothèque, je suis allé vers Maureen. Elle m'attendait, assise au bord du lit. Sa robe de nuit, sous la faible lumière de la lampe, flottait littéralement. Elle a levé le regard vers moi, elle m'a ouvert les bras.

Ce fut l'illumination. Jusque-là j'avais cherché en vain la clé ou le principe qui gouvernait le passage de l'agitation sociale à la vie de notre couple. Je mariais mal mes responsabilités et la quiétude du foyer. Maureen était cette voie, mais je l'avais oubliée : je marchais seul depuis quelque temps, même si notre maison commençait à être envahie de doléances de toutes sortes. Mes collègues du lycée Jacques-Moudeina, mes élèves, et la cohorte des parents pour qui, à l'évidence, j'étais devenu le messie. C'est Maureen qui gérait tout cela. Plus que quiconque, elle saisissait le poids du temps qu'il fait. Elle s'était cantonnée dans le domestique sans négliger son travail à la préfecture – et sans négliger notre fille –, regardant d'un air distant cette révolution à laquelle on se trouvait mêlés, et qui ne lui disait rien qui vaille. Au fond, mon jugement serait à peu près le sien si une griserie ne m'emportait vers le spectacle politique. Tranquillement, Maureen attendait que j'en revienne. Elle était parfaite. Je n'avais pas l'impression qu'elle voulait me prendre en faute, même si sous le masque de la sérénité je caressais, d'une main sensuelle, ses grimaces. Elle voulait m'accompagner. Aussi se refusait-elle à me freiner : elle en savait encore moins que moi sur la conduite à tenir. Elle avait admis que je me prenne pour le missionnaire d'une cause qui lui inspirait les verdicts les plus réservés. Elle était devenue la femme du pasteur. Cette nuit-là, je fus jeté hors du lit par la force d'une révélation à laquelle rien ne me préparait. Je suffoquais comme un asthmatique (ou comme un mystique). Promptement, Maureen se porta à mon secours. Mais voilà que je me mettais à chialer. C'était comme si elle m'administrait le coup de grâce ou bien l'extrême-onction, toute femme qu'elle fût. Hormis mes sanglots, la maison semblait calme. Je n'avais même pas réussi à réveiller Cynthia. Et Maureen me regardait sans rien dire.

30

Sans en référer à mes supérieurs, j'ai décidé de rester chez moi. Quand huit heures sont passées, j'ai acquis la certitude que ni le préfet ni Emile-Mercy ne me feraient appeler. Du reste, Maureen est allée au bureau sans faire attention à moi. Le congé auto-administré ne m'avait pas soulagé pour autant. Aussi ai-je passé le plus clair de mes heures dans la bibliothèque. Dans les autres pièces de la villa, le monde résonnait des voix familières de ma fille et de sa nounou. Très tôt, ce matin, entre cinq et six heures, du jardin m'étaient parvenus le parfum des citronniers et celui des magnolias. Je m'étais dit, en arrangeant les draps autour de Maureen, que le bonheur était somme toute un jardin de bonnes intentions. Il suffisait que le soleil se lève pour que s'exalte l'eau diamantine des rosées. C'était la mi-juin. Les senteurs indiquaient un changement de régime du temps ; la fraîcheur faisait ses adieux de concert avec l'avènement du jour. A la canicule, nous ne pouvons que céder : arbres, verger au fond de la cour – verger dont j'ai si peu joui… Avec la saison des pluies, j'aurais le loisir d'en profiter : mes déplacements vont se raréfier. Je humerais plus souvent l'air du matin et l'air du soir, deux moments où les citronniers et les magnolias mêlaient leur parfum. Les uns aiguisaient mes sens, les autres lui procuraient le baume des fragrances poudrées.

Vers cinq heures du soir, j'ai pris Cynthia par la main, nous sommes allés nous baigner dans le Logone. Le temps était transparent. Les collines jumelles du Mont-Fianga se découpaient à l'horizon comme deux seins bleus. C'est le miracle du soleil couchant : il met à la portée de mes pupilles un objet distant de plus de soixante kilomètres.

— Mon petit, vois-tu les collines du Mont-Fianga ? Les vois-tu vraiment ? N'est-ce pas magique, Cynthia chérie ?

La môme, volontaire, me répond : “Oui, mon papa ! Oui, mon papa !”, lors même qu'elle ne peut voir le phénomène qui m'enchante tant.

Agée de moins de trois ans, elle est encore trop jeune pour cette haute voltige. Mais je peux l'aider à voir avec mes yeux et avec mes mots : je lui dis mon amour, je lui dis le monde… Demain, elle se souviendra peut-être que je l'avais mise sur mes épaules, que je lui avais décrit ce fond de transparence bleutée qui me rendait lyrique… De la corniche où se dérobent les villas des professeurs, on contemple, à l'abri des flamboyants en fleur, le banc de sable : il cerne le filet d'eau qui fait semblant d'occuper le lit du Logone. Ce dernier ne tardera pas à se remplir et, d'ici juillet, il deviendra quasi infini. En face, Yagoua, le pays camerounais, se confondra avec le pays tchadien. D'ailleurs, vu de nos rivages, le Mont-Fianga se déploie au-dessus du Cameroun, car le jeu des frontières accomplit bien des zigzags. Et, par le regard, je cesse de penser ; du moins, je donnerais tout l'or du monde pour connaître la paix camerounaise.

Par la frontière, nous continuons d'exporter le coton et notre cheptel ; les recettes douanières rentrent dans le Trésor public régional, les apparences sont sauves, n'eût été l'angoisse qui ne me quitte plus. Car nous travaillons à l'avènement de la république du Logone. Le simple fait de nommer cette entité m'exalte et m'épouvante. Assurément, il n'est de saison plus propice au rêve que celle des pluies. La nature reverdit, le fleuve se rengorge, les braconniers perdent du terrain, ainsi que les promeneurs, les contrebandiers, les voyageurs. C'est l'instant où le pays déborde ses tracés. Et je me tiens en face du nouveau territoire, ma fille sur les épaules. C'est un sentiment trop neuf et trop violent pour mon jeune cœur.

Je ne sais si l'on acclimate de telles émotions, j'ignore si les terroirs de l'utopie s'apprivoisent.

Pourtant, je dois les arpenter sans façon. A supposer que le colonel dirige un jour ce pays, j'en serai certes le citoyen, mais seulement comme professeur. Telle est ma vraie place.

La république du Logone, je n'en avais pas débattu avec Emile-Mercy, ni avec le colonel. C'est *Mula,* le nouvel hebdo sarhois, qui en avait fait état. Le colonel avait apporté quelques exemplaires. Sur le coup, la formule ne m'avait rien dit. C'est en inspectant les rivages de Bongor que je me la suis rappelée. Alors m'est revenu ce qui s'était passé hier au bal de la préfecture. Mais quel signe a bien pu mettre en résonance ces deux événements ? D'un côté, un homme avait été mis à mort sous nos yeux ; de l'autre, je scrutais le paysage. Le premier fait est tragique, le second, esthétique. Pourtant, l'un et l'autre m'inspiraient un bel effroi. Que la beauté fût effrayante était un phénomène que je connaissais bien. Je pouvais me représenter le colonel en chef d'Etat, un chef d'Etat en blouse de jardinier dont l'industrie suscitait jalousie et trafics de toutes sortes. L'auguste horticulteur devait gérer et guerroyer, semer et élaguer.

Je n'ai compris la raison de mon tourment qu'à notre retour de baignade. Maureen m'attendait dans l'allée centrale du jardin.

— Le procureur a rejoint les troupes d'Hassane-Hissène, m'annonça-t-elle à brûle-pourpoint.

— Maureen, l'heure n'est pas à la plaisanterie, dis-je, pour me donner bonne contenance.

Je savais qu'elle parlait sérieusement. Dans la lumière du soir, ses yeux brillaient, fiévreux.

— Viens, enchaîna-t-elle, Emile-Mercy t'attend au salon, où il se tait.

Tout à coup, le monde a vacillé sous mes pieds. Je comprenais enfin les motifs du trouble que j'avais éprouvé à la plage. Nous devions impérativement protéger notre jeune République contre le gouvernement révolutionnaire de N'Djamena et contre la haine remâchée de nos propres frères.

A Maureen, j'ai dit :

— Tout bien considéré, j'admire le pauvre procureur… Nous voici projetés dans l'antichambre d'un pouvoir qui, à tout moment, peut tuer.

Maureen m'a regardé comme si elle se défiait de mes paroles. La nuit achevait de s'installer.

31

— Mon cher Emile-Mercy, quelles nouvelles à propos de notre jeune République ?

Il a ri, même si cela sonnait tragiquement.

— Edgar Balamsouma a rejoint les rangs de nos ennemis. C'est un sale temps, mon vieux !

— Ce n'est rien en regard de la sorte de sécession que nous vivons là. Crois-tu que l'Afrique l'admettra, à commencer par nos voisins, le Cameroun et le Nigeria ?

— Bien sûr que non, a tranché mon ami. Mais devrions-nous nous faire massacrer pour faire exister un Tchad des nomades, qui ne jure que par notre éviction ?

— Non, évidemment.

Puis, j'ai ajouté :

— Plus que le spectre de la guerre, c'est celui de la folie qui, désormais, plane au-dessus de nos têtes.

Emile-Mercy a souri.

— Tu m'enlèves les mots de la bouche. J'étais venu te dire : “Prends garde à toi, la folie rôde !”

Emile-Mercy prenait déjà congé :
— Je t'attends à huit heures, c'est urgent.
Il s'est éclipsé.

32

Les bâtisseurs de pays devraient toujours accorder leurs visions. En plus d'un idéal concerté, ils devraient avoir une enfance commune. Et des amis de chambrée, une classe – au sens militaire du terme –, une promotion unie autour des mêmes valeurs. Généralement, une troupe de cette sorte finit par aimer la même fille – c'est le moindre mal… Le désir arme leur personne : le colonel nous l'enseigne à sa façon. Un club, voilà, un lieu de collusion, une bande. En cinq mois de luttes et de tractations, le colonel a compris que le Sud était une école où cultiver le désir. Du coup, c'était comme s'il édifiait dans nos provinces assoupies des palais où fomenter des intrigues amoureuses. Car il faut une cour, des courtisans, des dames attifées pour le banquet des ministères. L'élite s'y montrerait, sûre, fière, arrogante. J'éprouve l'urgence de pareilles mondanités, j'en caresse l'augure.

Mon corps s'épanouit sous d'admirables voûtes. A dire vrai, je ne tolère les mondanités que pour cette raison. Dialoguer avec le pays, dialoguer avec les sens comme l'on rature une page. Le colonel en est le garant. Ce qui suppose que nous soyons des jouisseurs, que nous existions avec une syntaxe bien à nous.

Inspecter le pays réel me désespère. L'élite, à Bongor, c'est Emile-Mercy et moi. Bien sûr, je pourrais ajouter Batarang, mon collègue de philosophie, ou bien Golo, qui est médecin et directeur de l'hôpital général de Bongor. Ou encore Joël, le prof d'anglais, un garçon subtil, mais je ne saurais indûment allonger la liste. La difficulté que j'éprouve pour former une "école des cadres" bien à nous vient de ce que nous ne parlons pas le même langage. Nous y parviendrons assurément si nous demeurons longtemps ensemble. Mais le temps nous est compté. Je pressens le lieu et la formule, mais ceux-ci sont brouillés par l'imminence de quelque désastre. L'histoire de Joséphine m'obnubile ; l'avenir, il me semble, nous a déjà vaincus.

Je ne rêve ni dans ma tête ni dans mes membres. Je suis dehors, entre ciel et terre. Je vis dans un corps surdimensionné. Il me faudrait des bras de géant pour bâtir la maison qui lui sied, la joie qui lui est adéquate, le terrain, la voûte, le chemin où faire résonner la force, la puissance, l'amour… Comment renaître à la même enfance, mes congénères et moi ? Je n'ai pas de réponse. D'où la frousse qui me saisit dès que je considère nos rangs. Le colonel n'aura pas le loisir de nous faire à son combat : nous sommes ou trop rétifs ou trop distraits. Ses rêves de grandeur ne seront jamais compris. Le colonel est condamné.

33

Debout derrière son bureau, Emile-Mercy me dit : “Bonne chance, mon vieux !” C’est la seule parole affectueuse que je peux entendre, du moins, d’une personne autre que Maureen. Depuis l’annonce de ma nouvelle charge, une vague d’austérité m’envahit peu à peu.

Dans une chemise de couleur vert citron sont rangés mon ordre de mission et ma feuille de route. Je dois conduire les représentants du Mayo-Kebbi à la conférence des cadres sudistes. Celle-ci se tient à Sarh, capitale du Moyen-Chari. Notre départ aura lieu demain, aux aurores.

Je regarde mon ami : c’est un père à présent. Il suffit que les événements nous octroient l’autorité nécessaire pour que la fonction paternelle devienne patente. Ou devrais-je plutôt parler de l’imminence patrimoniale ? C’est tout un. Je viens de contracter une dette avec le pays mayo-kebbien, et une autre avec Emile-Mercy : bientôt, à Sarh, je défendrai notre vision de la chose publique – qu’il faudra inventer : je m’y suis déjà préparé.

34

Batarang, Joël, Tchang, Laoua et moi avions été logés à l’hôtel du Chari. Celui-ci venait d’être rouvert : la guerre avait chassé les touristes, ruinant le commerce. A nous cinq, le Mayo-Kebbi se trouvait représenté dans toutes ses sensibilités : un délégué moundang (l’Ouest), un Massa (Bongor et l’autre partie de l’Ouest), un Toupouri (encore l'Ouest), un Marba (le Centre-Est) et un Kimois (l'Est). Nous allions croiser le fer avec les délégations des deux Logones et du Moyen-Chari. La Tandjilé était en partie composée des peuples dont les mœurs nous étaient familières. Mais ce fut un mauvais quart d'heure que la traversée de Laï. J'avais l'impression de voir Alice dans chacune des passantes, jeunes ou moins jeunes. Mon imagination s'ingéniait à les transformer en basketteuses ou, plutôt, en amazones prêtes à me faire rendre gorge de ma lâcheté. Prenant prétexte du fait qu'il nous fallait passer la nuit à Doba, je m'élevais contre l'intention de mes compagnons de faire une petite halte à Laï. "Nous ne pouvons nous le permettre ; la route de Kim nous a assez ralentis comme ça. Nous festoierons à Doba." Les autres acceptèrent cette douteuse compensation, je pus enfin respirer. Mais c'était sans compter avec l'accueil peu amène, deux jours plus tard, que nous avions eu à Balimba, la porte nord de la ville de Sarh. Nos hôtes voulaient nous mettre en quarantaine, ce qui avait déclenché notre révolte. Le rassemblement des sudistes commençait par des exclusions. En fait, je m'y attendais.

Curieusement, c'est à Alice que je dois la prescience de nos présentes embrouilles. Mes collègues ignoraient combien la capitale de la Tandjilé m'était intime et, partant, tout sentiment qui, de près ou de loin flairait bon le rapt du cœur, même le plus gentil. Le pays d'Alice était devenu ce contre quoi je devais à tout prix me défendre. J'y avais goûté à l'amour qui a failli me perdre. Cette fois, je tenais à me préserver de ses ravages. Maintenant que j'avais retrouvé mes marques, j'affichais de la défiance envers mes passions d'hier et, surtout, envers celles des autres. Elles représentaient une maladie dangereuse. Moi aussi je préconisais la quarantaine pour Alice et les gens de son espèce. Les délégations saras et gambayes avaient pour nous l'opinion que je nourrissais envers mon ex-amoureuse. Je devais préparer mon équipe à encaisser le coup.

Dès l'ouverture du congrès, une motion de défiance a été déposée contre nous. Très vite, Djimtou, un cadre sarhois, devait s'illustrer comme l'artisan de notre exclusion. Or il se trouvait que c'était un copain de lycée : nous avions passé le bac la même année. Jadis il n'était pas plus nationaliste qu'un autre. Il avait travaillé dans le cabinet de Félix Malloum. Maintenant que l'ex-président s'était réfugié au Nigeria, il atterrissait, pour ainsi dire. Seulement, le Tchad avait disparu – si tant est qu'il ait jamais existé. Il s'était réveillé dans un territoire qui coïncidait plus ou moins avec celui des deux Etats-nations : les Saras et les Gambayes. C'était sans doute pour ne pas perdre le contact avec sa terre qu'il avait refusé de suivre le président en exil. Il voulait vivre chez lui, et cette volonté tolérait peu la dissonance, à l'image de la guerre sans merci qui avait opposé Félix Malloum et son Premier ministre d'alors, Hassane-Hissène. Le chef d'Etat avait fini par le céder au rebelle.

Qu'en était-il de nous, Mayo-Kebbiens ? Comme Djimtou, nous étions d'authentiques sudistes. Notre présence au congrès le justifiait à l'envi. Notre non-appartenance au groupe sara ne nous rendait pas illégitimes, au contraire. Nous partagions avec nos compatriotes plus d'une qualité. Mais Djimtou allait faire valoir l'argument qui tue. “Voyez-vous, tonna-t-il dans l'assemblée, on ne gagne rien à s'allier avec des traîtres. Or la trahison est votre essence ! Tantôt vous êtes avec nous, tantôt vous êtes avec les nordistes. L'infidélité dicte vos actes, la tromperie commande vos pensées. Vous incarnez le déshonneur sous toutes ses coutures !" Un tonnerre d'applaudissements a accueilli ses paroles, à notre grande stupéfaction. Pendant quelques minutes, ce fut un festival d'insultes, une joute d'éloquences prélevées à une aigreur dont j'ignorais et l'existence et l'étendue. L'amphithéâtre du cinéma de notre hôtel bruissait à tout rompre. C'était un tremblement de terre, en tout cas, l'onde de choc de notre dénonciation m'en donnait une idée approchante. Je ne voyais plus que des faces hilares. C'étaient comme des yeux et des dents plaquées sur le masque grimaçant de la méchanceté. Ce carnaval de fous rires me répugnait. Un sentiment d'injustice naissait en moi, ainsi que l'incompréhension. J'étais anéanti.

Juste au moment où j'allais demander une suspension de séance, une voix a retenti. C'était celle d'un monsieur, très grand, habillé d'un costume de lin, et sur le visage duquel se lisait cette forme d'esprit qui équilibre parfaitement bonté et austérité. "Les paroles de Djimtou sont inqualifiables, a-t-il dit. Je soutiendrais même qu'elles sont indignes d'un haut fonctionnaire, n'eût été la conjoncture, et tous les troubles qui sont devenus notre lot. Jusqu'à la date fatidique du 12 février 1979, j'étais le préfet du Mayo-Kebbi. Moi aussi j'ai habité Bongor, moi aussi je réclame l'indignité d'être exclu de l'appartenance méridionale. Nous sommes entrés dans des périodes de crise où les sentiments ainsi que la direction de la chose publique nécessiteront de nous l'intelligence de tous les instants. Le temps vient où les solidarités ethniques ne suffiront plus. Il nous faudra réinventer tout autant nos acquis que nos réseaux d'amitié. Regardez autour de vous : où sont vos frères, vos sœurs, vos familles ? En Centrafrique pour les uns, au Cameroun, pour les autres. Nous sommes de nulle part. A moins de considérer notre *no man's land* comme l'enjeu d'une nouvelle quête de sens, personne ne saurait s'en satisfaire. Nous ne sommes plus sûrs d'habiter nos terroirs. Malheur à ceux qui voudraient jeter aux autres la première pierre…"

Un silence plein de respect et d'effroi a plané sur l'intervention du préfet. Inopportunément, Djimtou venait de provoquer une secousse. Après le coup de semonce, où je me suis vu sous les traits d'un traître, je renaissais face à un miroir beaucoup plus flatteur. Celui-ci me rendait à une dignité d'autant plus grande que je ne m'en étais jamais préoccupé. Les deux événements étaient, pour ainsi dire, inespérés, et non pas seulement pour moi. Tout le congrès avait été troublé. Après une bonne minute de tension, la lame de fond des applaudissements est venue saluer le laïus du préfet. J'ai alors compris que nous revenions de loin. Etrange sensation qui, cependant, me donnait la possibilité de mesurer un fossé creusé en à peine cinq minutes de session plénière. J'éprouvais tout à la fois de la peine et de la gratitude pour le retournement de la situation. Je me sentais vaincu et restauré, victime et conquérant.

"Merci ! merci ! monsieur le préfet, merci pour cette mise au point, a clamé le président de séance. Merci, le pays a besoin d'hommes comme vous !"

Après les paroles du flagorneur – j'avais déjà compris que c'était un des conjurés : son vocabulaire le dénonçait à ma conscience –, j'ai demandé à mes comandataires de quitter la salle. Entre-temps, j'avais obtenu la suspension de séance. Alors nous nous sommes retirés.

— Excusez-moi d'avoir pris cette initiative, leur dis-je, une fois réunis dans ma chambre. J'ai pensé qu'on devrait s'accorder.

— T'as bien fait, ont-ils clamé en chœur.

— Je pense que Djimtou nous doit des excuses publiques, dis-je.

— Je le pense aussi, renchérit Batarang.

— Moi, je pense le contraire, murmura Joël, en se grattant le nez. Le préfet a dit ce qu'il fallait dire. Djimtou a déjà eu sa dose, toute revendication de notre part ne pourra que l'enfoncer. Ne l'humilions pas davantage. Je vous le rappelle, nous sommes en terre étrangère ; Djimtou s'est exprimé de la sorte parce que c'était l'opinion, le sentiment et la conviction dûment étayée du grand nombre. Une motion de défiance nécessite une démarche concertée. L'hostilité dont nous sommes l'objet n'est pas une réaction épidermique. A mon avis, le préfet est le menchevik de son propre camp.

— Tu as bien raison, dis-je. Voyez-vous, je tremble en vous parlant de la sorte. Au fond, Joël veut nous dire que nous sommes tombés dans un guet-apens, ce qui est vrai en un sens. Mais la véritable signification de notre drame réside ailleurs. C'est l'organisation méridionale qui, pour l'heure, effraie les uns et les autres, une frayeur qui pousse nos accusateurs à la faute. Si la situation est celle que tu décris, Joël, nous sommes fondés à demander des explications. Jouons donc la procédure pour mesurer la profondeur de leur défiance. De toute façon, même en s'alliant avec les Kabalayes, nous n'arriverons pas à constituer une minorité de blocage. N'eût été l'arbitrage du préfet, ils nous auraient refusé l'interruption de séance. Jouons la procédure juste pour voir.

— J'en tire la conclusion, intervint Laoua, que nous devrions absolument demander que la motion de défiance soit levée. Nous devons ça aux nôtres et à notre amour-propre. Ne nous laissons pas traiter comme une quantité négligeable.

— D'accord pour réclamer des explications sur la motion, avions-nous proclamé, sauf un :

— Et si nous ne l'obtenions pas ?

C'est Tchang qui parlait enfin. Jusque-là, il était resté muet ; je pense qu'il s'était fait oublier, à en juger par notre réaction. Nous nous sommes regardés, médusés. Et puis, nous avions ri. Ensuite, je lui ai répondu :

— Nous exigerons que le refus de lever la motion de défiance soit notifié dans le rapport final.

— D'accord.

Cette fois, aucune voix ne manquait à l'appel, la séance plénière a alors repris.

35

— Messieurs les congressistes, mesdames (il y en avait très peu), nous avons très mal reçu votre charge contre nous. C'est une raclée sur laquelle nous ne nous attarderons pas. Nous sommes des hommes de bonne volonté. Il en sera de même des explications que nous sommes en droit d'attendre de vous. Nous exigeons seulement que la motion de défiance soit levée. Nous faisons de cette demande un préalable à notre participation.

A ma grande surprise, les congressistes se sont ralliés à l'unanimité. Ce retournement était pour le moins inattendu. Etaient-ils seulement sincères ? Je soupçonnais un revirement tactique. Ils utilisaient à l'égard des minoritaires que nous étions une technique par trop grossière. Nos adversaires se vengeraient d'une manière ou d'une autre, toute la question était de savoir quand. Une fois de plus, ils nous volaient notre victoire, à supposer que nous ayons voulu, nous aussi, en remporter une. Je pressentais une subtile bataille de tranchées. Au fond, la conférence m'initiait à la rouerie. Le terrain était miné.

— S'il en est ainsi, repris-je après l'édit solennel du retrait de la motion de défiance, nous regagnons de bonne grâce notre place de délégués du Mayo-Kebbi. L'incident est clos, je vous remercie.

Il y eut, comme je m'y attendais, de grands vivats. Je ne pouvais qu'en sourire. La paix sociale, à l'image des négociations diplomatiques, est un marché de dupes. Il vaut mieux s'en convaincre de prime abord.

Le soir, à l'heure du dîner, je trouvai Djimtou au bar. Il fumait devant sa chope de bière, comme vaincu par elle. Peut-être avait-il déjà trop bu. Instinctivement, je m'étais porté vers lui, abandonnant ma suite.

— Salut, toi !

Il s'était retourné lentement. Ses yeux de myope avaient l'apparence de ceux d'un duc royal bien enfumé par la cigarette. Pendant une brève seconde, j'ai pensé qu'il ne m'entendait pas, sentiment que suscitent le plus souvent les myopes quand ils sont absorbés par quelque idée. Pour l'heure, le duc royal s'était transformé en chouette mouillée.

— Cher ami, dit-il en me tendant la main.

C'était le haut fonctionnaire d'une République dissoute dans la bière qui me parlait à présent. Je ne m'en offusquais pas, au contraire, je trouvais des excuses à son attitude.

— Je pensais bien qu'on trouverait le temps d'échanger tous les deux, dit-il. Eloignons-nous du zinc, nous serons bien mieux dans un coin plus abrité.

Joignant l'acte à la parole, il m'entraîna au fond du bar dans un petit salon douillet. Je m'en trouvai ravi. Ce n'était plus tout à fait le même homme. Il paraissait rasséréné, toute honte bue, et la bière avec. D'un certain point de vue, quelque confession de sa part devenait inutile. Je saisissais enfin la raison de la rencontre sarhoise. Le colonel l'avait provoquée pour que des cadres sudistes, sur leurs propres terres, apprennent à se connaître. A N'Djamena, nous étions peu ou prou des Tchadiens ; au sud, nous devenions des régionaux à tous crins, rattrapés, comme nous l'étions tous, par nos sempiternelles querelles de clocher. Nous étions jetés vers cet horizon comme un châtelain qui, du jour au lendemain, serait réduit à occuper un modeste deux-pièces. Comment faire tenir l'infini dans une boîte ? Telle était la question.

Je partageais la bière de Djimtou, et sa mousse réoxygénait mon estomac. C'était une sensation d'abandon, un surcroît de faiblesse, la pente douce des gestes comme entés sur les regrets. Ce vieil ami de lycée s'était laissé piéger par sa mélancolie. Un cadre, en effet, subit ; aussi se devait-il à lui-même la connerie de ce matin. Celle-ci jouait les compensations, car goûter à la bière en soirée procurait la bonté. Le cadre avait joué les cadres ; il lui fallait maintenant exprimer son humanité, et même sa maternité. Et quand on s'appelle Djimtou, quand on est myope, le monde s'irise au soir de nos yeux binoculés. La marée d'impressions déploie autour de nous la consolante beauté des êtres et des choses pénétrés par l'esprit de confort. C'est le motif pour lequel le réveil peut se révéler rude. Comme les quatre cinquièmes d'entre nous, Djimtou sait mieux que quiconque le désespoir de notre situation. Nous avons perdu un pays, et le nouveau pays tarde à venir. Il est donc facile de nous accabler, nous, Mayo-Kebbiens. Nous servons de bouc émissaire à un désarroi qui dépasse notre modeste condition. Du coup, il me semble que, de Franz Tom à Félix Malloum, c'est une sorte de phrase inaugurale qui n'a pas encore atteint l'étape où son inscripteur ajouterait un complément d'objet, ou bien une relative, ou bien une conjonction de subordination. Nous étions au seuil d'une sentence où se faisait seulement pressentir l'intervalle propice à son accouchement. Un silence, et rien de plus, un espace où quelque chose pourrait résonner. Or on y fait sonner les tambours et rouler le canon. Quel gâchis ! Maintenant, ce sont les nôtres qui tirent sur nous. L'un des francs artilleurs est assis en face de moi. Il ressemble au jeune homme que j'ai connu ; aucun lien de continuité avec le belligérant de ce matin. Il sirote sa bière, mais ma présence l'a dégrisé. Je crois qu'il est enfin pacifié. Ce qui ne change rien à notre différend : les siens nous feront tantôt la guerre.

— Je suis heureux qu'on se soit vus, lui dis-je en prenant congé.

36

A ma réapparition, les miens me tombent littéralement dessus.

— Alors ?

— Il a été génial !

— Comment ?

— Oui, génial !

Ils restent médusés.

— Ne me regardez pas comme ça, dis-je. Notre boutefeu ne m'a pas jeté un sort. Je suis le même qui revient vers vous, je suis votre frère… Venez, je vais vous raconter.

Et l'on est montés de nouveau dans ma chambre.

37

"Ecoutez-moi bien, je vous raconte la fuite du temps, je vous raconte Djimtou. Le Mayo-Kebbi, c'est la fuite du temps, le Moyen-Chari, aussi, et le Logone oriental, le Logone occidental, la Tandjilé… En présence de Djimtou, le temps m'a perforé de part en part. Il y a un trou comme ça dans mon cerveau. En rencontrant notre pourfendeur, j'ai senti que je m'adossais au passé, du moins j'avais la sensation que rien ne me reliait plus aux choses. Dans les yeux d'un myope, même la pierre se diffracte. Elle se transforme en gypse, on y voit à travers, ou presque. Et cette vision leur confère un surcroît de vie. Les choses sont notre mémoire, elles sont notre volonté d'être. Or depuis le 12 février, les choses ne sont plus. Il n'y a plus pour nous ni maisons ni jardins. Nous sommes trop nostalgiques du passé pour épouser la courbure de l'instant. Notre incapacité d'être dans le présent a fini par me précipiter vers l'avenir. Aussi ai-je tangué face à mon agresseur. Quand on aborde l'espace sans préparation, on y ripe à tous les coups. Comme si j'étais un être sans mémoire, sans attache de quelque nature, un être à deux dimensions, pour ainsi dire, une espèce de miroir qui ne reflétait que ce qui était devant moi. Ma nuque et mes épaules diffusaient une sorte de nuit semblable à la suie. J'avais du mal à me retourner. De plus, je savais que cet acte était vain. Je ne pouvais regarder en arrière. Il me souvenait que je l'avais déjà accompli. D'où venait donc mon inaptitude à le répéter ? Ce constat ne pouvait qu'engendrer la tristesse. En somme, je vivais éveillé la sorte de paralysie que nous expérimentons le plus souvent dans les rêves. J'avais besoin qu'on me secoue pour m'en libérer. Or mes attentes étaient d'une autre nature.

La forme de paralysie passagère que j'éprouvais devant Djimtou m'enseignait l'essence du temps. En son sein, chacun de nous devait désormais évoluer. J'étais condamné à courir, et à courir encore, peut-être en pure perte. (Certainement en pure perte.) Il me fallait rejoindre l'Amérique, le bout du monde, pour espérer récupérer ou créer un nouveau passé. Pour le moment, tout me fuyait, mon corps, mes pensées, les atomes…"

38

Mes compagnons ne comprenaient rien à mon récit, moi non plus d'ailleurs. Je sentais bien qu'ils m'avaient senti à leur tour, même s'ils ne trouvaient pas de mots pour me répondre.

— Ce soir, nous avons le choix : ou faire nos valises et rentrer chez nous, ou continuer de participer à la conférence. Dans les deux cas, nous perdons notre temps. Mais nous pouvons aussi le perdre jusqu'au bout…

— Nous resterons donc, conclut Laoua, au grand soulagement de tous – et du mien, en particulier. A partir de cette soirée, je me suis comporté comme un reporter dépêché à un congrès politique. Je voulais faire la moisson la plus exhaustive possible de faits et de mots pour Emile-Mercy. Je pensais qu'il rirait bien de notre aventure au pays… des Soviets !

La décision de rester était la meilleure option que nous puissions prendre. Le séminaire des cadres s'est avéré ennuyeux. Je ne me sentais pas dans le coup. J'étais criblé d'impacts, à l'image de ces toiles de jute qu'on rafistolait pour stocker le riz. Il n'y avait en moi ni désir ni volonté – l'initiative du mouvement, la grande besogne de l'être revenant au désœuvrement. Dans les couloirs du colloque, au bar de l'hôtel, en ville (et même dans les familles, car Djimtou avait fini par m'inviter à visiter la sienne), le temps nous faisait la nique. Je rencontrais des visages avenants, des visages typés, des visages et leurs marques de fabrique : en chacun d'eux s'inscrivait, à tous les coups, l'esquive.

Soutenir que nous cherchions à nous rencontrer n'était pas évident. On ne s'observait même pas ; on n'était préoccupés que par nos régions. Le galbe de nos sentiments, en dépit des apparences, me faisait comprendre que nous n'avions pas encore trouvé la place qui nous revenait au sein de nos pays respectifs. Du Mayo-Kebbi, en effet, je savais peu de chose. J'imaginais que ce devait être aussi le cas pour les cadres sarhois. La présente réunion se révélait nécessaire, même si l'ancrage dans nos territoires semblait la démentir à chaque instant. Je ressentais le besoin de revenir au Mayo-Kebbi et, dans la foulée, d'entreprendre l'inventaire qui assurerait la réussite de nos prochains séminaires.

Finalement, c'est Djimtou qui m'a offert la clé de l'énigme.

— Te souviens-tu de Falmata ?

— Et comment !

— Le Sud se trouve dans le même cas de figure.

Mon ami a suspendu un moment le cours de son récit. Après avoir tiré sur sa cigarette, il a dit, comme vaincu :

— Cette fille t'aimait, mais tu ne t'en souciais guère. Et moi qui l'aimais, elle me méprisait souverainement. A Paris, quand j'étudiais le droit, j'ai réussi à l'oublier. Il y avait tant de conquêtes nouvelles, et mon jeune cœur avait cédé aux réalités du jour. Mais j'ignorais alors qu'on n'appartient jamais qu'à son pays, le seul qu'on n'oublie jamais : l'adolescent qu'on a été. Je vivais joyeusement mon déracinement. Tout a continué de fonctionner de la sorte pour moi au cabinet du président Malloum, à mon retour. Il a fallu la guerre pour que je prenne conscience de ma méprise. Les paysages artificiels d'ici et d'ailleurs ne valent pas la quiétude d'une terre pleinement habitée. Autrefois, je demandais à Falmata de me regarder et seulement cela. Je sentais bien que son geste allait me rapatrier.

Te souviens-tu de son sourire tristement narquois, elle qui avait des bras fiers, un buste royal, un front clair, un débit de parole limpide, et même tranchant ? Malgré tant de qualités échues à sa jeune personne, c'est en son regard que j'avais confiance. Car ses yeux restaient toujours doux, comme ces manguiers de mon village, dans la maison paternelle. Je les retrouvais avec plaisir après le long exil scolaire. Ceux-ci étaient mon printemps, qui semblait perpétuel. En hivernage, leur ombre se chargeait de fraîcheur, et même du pressentiment de froid. En décembre, l'harmattan les faisait jaunir. A Pâques, ils donnaient leurs premiers fruits. Et juin les rafraîchissait pour les nouveaux fruits d'août. Je ne les contemplais jamais que dans leur fécondité. Il en allait de même des yeux de Falmata. J'étais sûr d'y être accueilli, malgré les dénégations de leur propriétaire.

Maintenant que les nordistes nous ont renvoyés dans nos foyers, je comprends enfin le sens de ma quête enfantine. Il nous faut nous enraciner chacun dans son pays, et tout ira pour le mieux. J'aurai mes manguiers et mes forêts ; toi, tes taros et tes rizières... Quand la conférence des cadres a été promulguée, je savais que tu viendrais. Alors s'est élevé en moi un ressentiment recuit mille fois. Tu venais m'enlever de nouveau Falmata, et j'étais décidé à ne pas te laisser faire. C'est la raison pour laquelle j'ai demandé à rédiger le texte de la motion de défiance. Les autres ne pouvaient comprendre. Ils n'avaient pas été dans la même classe que toi et moi, ils ne savaient rien de Falmata. Ils parlaient de politique comme l'on débat d'un dossier administratif, alors qu'il en allait de l'essence du pays. Les nordistes triomphent de nous parce qu'ils n'ont pas de pays à eux. Ils mettront le Tchad à feu et à sang pour s'offrir un espace où aucune fille ne voudrait jamais habiter. Même de N'Djamena, ils feront un désert. Ils n'ont pas été éduqués pour cultiver des jardins. Ce sont des déracinés…

39

L'ÈRE DU SOUPÇON

Sur le petit-nègre, les linguistes se sont trompés sur toute la ligne. C'est encore à Djimtou que je dois cette découverte. Celui-ci s'était brusquement impatienté et, me tirant par le bras, a crié : "Sortons !" J'ai regardé en direction de sa femme pour m'excuser de ce congé pour le moins spécial. A huit cents mètres de là, nous sommes entrés dans un débit de boissons. L'atmosphère y était humide et moite, et les clients, comme ralentis. C'est alors que du fond du bistrot une voix nous a interpellés : c'était Philippe, un Daï de Bédjondo, lui aussi congressiste. A nous trois, cela faisait trois langues : le mbaye, le daï et le kimois. Tout à coup, j'ai pensé : Et si nos préventions venaient de nos appartenances linguistiques, en dépit du français, notre langue d'échange ? Et pourtant, il serait erroné d'illustrer nos propos par une syntaxe où prédominerait l'infinitif, comme c'est le cas dans le petit-nègre. Nos dissensions pourraient le laisser croire, du moins pour une personne malintentionnée. Souvent, les citadins que nous sommes jugent de la sorte le discours des paysans.

Avec eux, c'est la terre qui parle, c'est la langue. On la connaît mal, la langue. Au pays des culs-terreux, tout est méconnaissance à l'infini. Or le paysan est un homme fier. Il communique, en riant, s'il le faut, quand les difficultés surgissent, et qu'il lui faut avancer malgré tout. Alors, il commence à inventer des mots, à déconstruire la syntaxe. Car, en kimois, on dit : *"Je veux toi"*, là où le français propose : *"Je te veux."* A tout prendre, la relation est mieux décrite dans "Je veux toi" que dans "Je te veux". Les pronoms "Je" et "te" côte à côte, comme c'est vilain ! Pourquoi pas "«Je» et «toi» te veulent" ! L'apparente étrangeté de notre grammaire, cette étrangeté qu'induit notre grande familiarité avec le français, nous fait transcrire quelquefois la phrase comme suit : *"Je vouloir toi."* De la sorte, jadis, les colonialistes avaient ridiculisé nos langues.

Rire garanti, donc, rire de l'imbécile que sa propre bêtise amuse. Car le verbe est toujours conjugué en kimois et, je suppose, dans d'autres langues tchadiennes. Il n'y a aucun impératif à garder le verbe à l'infinitif, comme le fait Tarzan sur sa branche. A tout seigneur tout honneur, l'imparfait du subjonctif ne fait-il pas rire en dépit de son usage grand genre ? Il est permis de rire de soi-même avant de rire des autres.

Nous étions encore au troquet de Kassaï quand Philippe a dit à son voisin de beuverie : *"Mo you dame ?"*, ce qui veut dire : "Tu dors ?" L'autre proteste par une douce dénégation de la tête, mais Philippe ajoute aussitôt : "*Mo fere fere ?* / Tu es ivre ?" Je m'esclaffe. Le daï, c'est du kimois, mais revu par une peuplade apparentée sara, et dont tout, en apparence, me sépare. Quand Philippe disait : "*Mo you dame ?* / Tu dors ?", le Kimois aurait dit : "*Mo fi dame ?*", phrase qui a identiquement le même sens et la même intonation. Quant à "*Mo fere fere ?*", c'est mot pour mot du kimois, la signification comprise. Pourtant Kimois et Daï s'ignorent superbement. Les Daïs regardent vers les Saras, leurs voisins, leurs maîtres. Les Kimois, eux, ne savent même pas qu'ils partagent avec ceux-ci la même langue. Leur vocabulaire respectif a beaucoup emprunté aux langues qui les entourent, ce qui n'empêche pas le kimois et le daï de procéder du même tronc.

La fierté des Moundoulais, des Mbayes, des Saras est, tout compte fait, la fierté des élites. En travaillant ensemble nous apprendrons à nous apprécier. Puisque nous aimons nos langues respectives, puisque nous incarnons une part de leur génie.

40

C'est ainsi que l'on s'invente un pays à sa mesure. Celui-ci s'organise à partir d'un sentiment scolaire : j'avoue y avoir goûté très tôt. Il me contentait. Même le dernier des tâcherons ne se pouvait mieux estimer. Car j'aimais les cours d'histoire plus que ceux de géographie – l'histoire qui fait la part belle à la terre… Mon intérêt avait été éveillé dès le CE2. Plus tard, l'arrivée au collège achèvera de me consacrer historien. Je buvais les cours d'histoire, j'en faisais un aliment de choix. Me voici en seconde, puis en première, qui est l'antichambre du bac : il mène à l'esplanade des élites. L'angoisse augmente. La situation se complique, et puis ça ne rend pas joyeux. Tout à coup on réalise qu'on va quitter un monde où les sensations étaient plus riches. Plus troublantes aussi. Jusque-là on avait travaillé pour devenir des hommes modernes, même si nos parents, dans la plupart des cas, étaient des illettrés. On avait hérité de leurs pensées, elles s'étaient mélangées à l'idéologie du progrès que représentait l'école. Quelque chose en nous se félicitait de notre itinéraire, et rendait grâce pour ce que nous sommes : des enfants qui parlent français à l'école, discutent de l'économie libérale, des kolkhozes et de la pertinence des plans quinquennaux. A la fin de l'école, nous étions rendus aux différents paysages de langues qui se parlaient dans les quartiers. Une langue autre que l'arabe dialectal – supposé langue nationale – dominait mon univers : le sara. Le kimois était ma langue familiale. J'ai toujours été contraint de parler en langues... Plus on s'attachait au français – comme c'était mon cas –, plus on prenait conscience de la variété des mondes. C'était quotidien, une sorte de blase sur d'autres blases. Nom de noms de pays... Une manière de varier l'atlas de sa propre onomastique, celui de son être, celui d'un site encore plus profond, innommable, innommé. Il était fort de ses alliances... Et l'on riait beaucoup, car tout allait de soi, le monde avançait naturellement. Nous étions de jeunes pousses, l'avenir s'en trouvait charmé.

En retrouvant les internes le matin – au nombre desquels Djimtou –, un surcroît de bonheur m'envahissait. Au quartier, il y avait ma famille, Myriam et mes amis. Au lycée c'était un monde plus compétitif. Ça tranchait soudain. On était encore à Fort-Lamy, mais c'était déjà le monde. Sans en comprendre les raisons, je me disais : "Pourvu que ça dure !" C'était ma prière à moi, mais j'ignorais que je priais. L'école me faisait grandir. En son sein, j'étais sûr de croître et j'étais heureux de l'émotion que pareille croissance me procurait. En somme, j'étais enfant. J'avais papa, maman, ma sœur et la maison. Au lycée, j'avais le français ; en ville, le théâtre, le culturel français, la chorale ; au quartier, les langues. Toutes ces couches d'activités étaient des cadres à mon expansion, des balises à mes rêves. Ce sont elles qui me donnaient le sentiment de connaître de l'intérieur le royaume du Mali, celui du Kanem-Bornou, etc. Plus tard, ce fut le monde antique, grec et romain en sixième et cinquième, puis la traite négrière en quatrième, la colonisation et l'impérialisme occidental en troisième. En première et terminale, les boucheries des Première et Seconde Guerres mondiales.

Ma mémoire archivait des images. A propos, je ne sais pas pourquoi la photo de l'agence Sipa qui montre Staline, Roosevelt et Churchill à Yalta m'a tant frappé jadis. Il me semblait que ces grands hommes venaient d'obscurs villages pour se montrer au bord de la mer Noire. D'où ma conclusion – imparable, de fait, et qui n'a plus varié, après deux décennies : la part obscure des êtres est le vrai lieu de la photo. C'est ce que je voyais sur le cliché où Roosevelt, Churchill et Staline étaient réunis. Ces trois hommes semblaient venir d'un temps où les hommes s'organisaient en tribus de vainqueurs. Ils affichaient l'icône de la réconciliation, qui est l'essence même de la photographie. Ils devenaient arborescents ou, plutôt, phosphorescents. Ils s'affichaient pour la paix des braves, en broyant la roche-mère d'où clignotent les corpuscules. En les contemplant, j'avais conscience du temps où ils avaient grandi, comme moi jadis. J'avais tout loisir de penser qu'on pouvait devenir homme, et même devenir vieux, si on laissait l'image vivre sa vie. Une vie photographiée pouvait donc avoir l'authenticité des faits vécus il y a longtemps dans la cour du lycée.

En 1969, quand les murs de Fort-Lamy s'étaient couverts d'affiches pour les présidentielles, j'avais ressenti très fort le désir de protéger Franz Tom. Pour faire campagne, celui-ci s'était montré comme un citoyen ordinaire. Il n'avait sur le torse qu'une chemise blanche, sa main tendue vers le futur électeur. Une gourmette était sa seule parure. Dans les yeux du président se lisait un mélange d'humilité et d'angoisse. Cela m'avait bouleversé. Le président aurait pu donner une image plus flatteuse de lui, mais il s'était contenté d'une posture plus modeste : je lui en étais reconnaissant. C'était la première fois qu'un homme politique (oncle Djibril mis à part) faisait irruption dans ma vie sous les traits d'un quêteur de suffrages. Je me sentais la responsabilité de lui accorder non seulement ma voix, mais aussi une partie de mon souffle. L'intrusion de la grande politique dans ma vie m'intégrait à une famille plus vaste encore, et plus grave, du même coup.

Le président Franz Tom venait de libérer plusieurs prisonniers politiques, dont mon oncle, lequel avait croupi dans ses geôles pendant quatre ans. Cette épreuve avait été ma première expérience du sentiment de relégation. J'avais donc de bonnes raisons de le haïr… Pour le futur homme que j'étais, son affiche devint l'expression d'une repentance bien orchestrée. Bien sûr, le placard mentait, je n'en étais pas dupe. Cependant, quelque chose en lui ne mentait pas : le président lui-même. Je voyais bien l'anxieux qu'il était. Homme de peu de foi, homme de doute constant, homme qui réclamait de ses collaborateurs une confiance dont il était lui-même dépourvu, c'était comme si, en contemplant le panneau publicitaire, je récoltais la part essentielle de sa vie, à l'image du boîtier photographique qui, au jugement des indigènes, dérobait les âmes. Je redoublais d'attention pour le dieu placardé devant mes yeux. J'aurais pu lui prendre la main ; hélas, ce n'était qu'une image. Mais ce petit embarras ne changeait en rien la nature de mon intention. Car les grands de ce monde croient jouer avec les images, alors que ce sont leurs vies qui sont jouées, et presque toujours dramatiquement. A vingt-sept ans, je puis dire que le colonel, lui, jouait avec la sorte de symboles qui, dans mon adolescence, m'avaient initié au sentiment de l'Histoire. Elle inscrivait en nous la sensation d'être à jamais inconsolés du temps qui passe. Nous voilà devenus veufs de ce que nous avions été.

C'est du moins ce que je ressentais en pensant à ma sœur exilée à Abidjan et, tout près de moi, à mon oncle Dijbril. Il était resté aux portes de N'Djamena, à Walia, comme pour garder le feu règne du Tchad. Pourtant un château splendide l'attendait à Bongor, fait de parpaings et de béton. Il n'en avait cure. Les murailles de terre où il se calfeutrait là-bas semblaient lui assurer une espérance digne de sa citadelle. A coup sûr, la passion politique ne l'avait pas encore quitté.

41

Le lendemain, nous reprenions la route. Assis au milieu de mes compagnons, je méditais la confession de Djimtou. J'apprenais à lire autrement les paysages qu'on traversait. Alice et Djimtou représentaient deux figures de la semaison à laquelle m'avait invité à réfléchir le grand accusateur sarhois. Si le séminaire des cadres pouvait se prévaloir de quelque prérogative, je l'eusse mise volontiers au compte de la découverte d'une vérité dépourvue, à court terme, d'efficacité monnayable, comme aimer ou sourire. Cette vérité faisait-elle partie du calcul du colonel ? Je ne saurais l'affirmer. Ce don Juan était sans doute plus rusé que je ne le pensais ; en tout cas, la tâche qui l'attendait était des plus gigantesques.

42

LE RETOUR DE LA GUERRE

Très tôt la guerre est venue se rappeler au bon souvenir du colonel. Hassane-Hissène, le ministre de la Défense, avait fait voler en éclats le gouvernement d'union nationale. Comme un tribut payé à nos hôtes nigérians (ils avaient offert le gîte et le couvert à nos dirigeants lors de la conférence de réconciliation tchadienne à Lagos), le gouvernement du président Oueddeye fut dénommé GUNT : gouvernement d'union nationale de transition. Sans malignité aucune, nous décomposions le sigle comme suit :

G comme gouvernement. Il fut essentiellement celui des factions armées. Goukouni et Hassane-Hissène venaient du Nord. De l'Est, Ahmat Acyl, le chef des Arabes tchadiens, un allié de notre colonel, et du colonel Kadhafi, son mentor. C'est par son intermédiaire que les militaires sudistes prendraient possession des armes lourdes dont ils détenaient la compétence exclusive. Du lac Tchad (l'Ouest), le Nigeria avait suscité l'Armée de libération tchadienne. La Défense nationale que dirigeait Hassane-Hissène disposait donc théoriquement de cinq armées partisanes. Ce faisant, il était impossible pour toute intelligence éprise de logique de parler de gouvernement de coalition ou même de transition. L'engeance des chefs de guerre n'était ni une macédoine – auquel cas, elle devenait immangeable –, ni une grenade – auquel cas, elle vous arracherait la bouche, et le reste avec. Hassane-Hissène voulait être président de la République, tout simplement. Son attitude allait allumer la guerre de tous contre un.

U comme union. Il n'y en a jamais eu. Relire ci-dessus.

N comme national. Si, au sud, on avait du mal à se reconnaître comme membres d'une même fratrie, que dire du Nord ? Personne, cependant, ne s'est résolu à former un micro-Etat, comme nos divisions le laissaient espérer. Le Nord avait trouvé le moyen de vendre aux puissances proches et lointaines son prétendu statut de victime du pouvoir sudiste. La grande victoire de Goukouni, Hassane-Hissène et les autres, c'était cela : ils avaient réussi à nous rendre honteux de notre personne pour les siècles des siècles.

T comme transition. Mais vers quoi ? Certainement pas vers l'union. A moins que ce ne soit pour céder notre souveraineté aux puissances.

GUNT. Le Nigeria, avec son usage scabreux de l'anglais, nous avait offert le fusil en manière de paix – à une lettre près, toutefois. Pour l'heure, il fallait défaire le rebelle Hassane-Hissène. Le colonel repartait à la guerre…

43

Et, dans le tissu impalpable de l'air, je retrouvai la tension des premiers jours consécutifs au 12 février. A l'image de tout Bongor, je baignais dans une sorte d'euphorie. L'atmosphère était électrique, qui, pour moi, traduisait le désir de gagner la guerre en même temps qu'elle signifiait ma méfiance vis-à-vis de la politique menée par le colonel et le président Oueddeye. Quand l'espoir prenait le dessus, je me disais que les forces coalisées allaient vaincre Hassane-Hissène et nous apporter enfin la paix. Quand c'était le désespoir qui l'emportait, je soupçonnais le colonel et sa bande d'abuser de notre confiance. Je sentais bien que la guerre était leur commerce le plus précieux : le civil que je suis n'y avait pas accès. Car le pays fondamental, la paix définitive – sinon son redoutable spectre – avaient élu demeure dans cette partie de moi nommée nostalgie. L'exil provincial devenait intolérable. Le voyage de Sarh avait réveillé en moi le vif désir de revoir N'Djamena. Plus précisément, je voulais en faire mon deuil, mais j'ignorais et la méthode et le remède. De nouveau dansait en mon cœur le mortel attrait du danger, le plus pernicieux de tous, celui de céder au vertige. Je ne me prenais pas pour Djimtou ; les manguiers, si beaux fussent-ils, ne pouvaient suffire à mon désir de vivre chez moi, à l'abri d'une maison confortable, loin de la guerre et des bruits de bottes, loin du village, loin de l'enfermement autant sentimental que mortifère. Non, mon placenta n'avait pas été enfoui au pied d'un manguier.

Dans la répartition des rôles, Emile-Mercy, notre préfet, Djimtou et tant d'autres sudistes avaient la charge de faire fonctionner la société. Les militaires veillaient sur la paix. Etrange veille qui se soldait par un surcroît d'angoisse – du moins en ce qui me concerne. Car j'étais fébrile. Je ne croyais à rien, même si je ne cessais de travailler d'arrache-pied. J'étais devenu le genre de malade qui veut qu'on abrège ses souffrances, quel qu'en soit le prix. N'être plus nostalgique, c'était un vœu déraisonnable, mais indispensable à ma tranquillité. Hassane-Hissène sera défait, et nous n'aurons pas la paix : là résidait la conviction qui me faisait tant désespérer.

44

A de nombreuses reprises, j'ai imaginé le colonel égrenant la sourate XII, 193 et 195 :

L'Esprit fidèle
est descendu avec lui sur ton cœur
(...) c'est une Révélation en langue arabe claire.

Le ciel est bon, je le sais, mais il y a aussi un ciel en moi, qui vaut la clarté du printemps. Les jeunes pousses de la fin mai, lorsque les pluies ont lavé la plaine, diluent le sel et la poussière. Le colonel avait vidé les caisses du Trésor public pour acheter des armes. La Libye nous en offrait de plus stratégiques. Entre Moundou et Tripoli, des avions gros porteurs faisaient des navettes incessantes. Le Sud était plus militarisé que jamais. Etait-ce cela qui augmentait ma désespérance ? Hassane-Hissène tenait tête à quatre armées avec une détermination sans faille. Le colonel avait maintenu ses troupes en dehors de la mêlée.

Au fond, c'était Alice que je regrettais et, avec elle, la folie, l'incompréhensible, l'extrême plaisir, le drame. Maintenant, j'étais devenu un gestionnaire de la guerre, moi qui en avais joui jusque-là en dandy. Quel désaveu ! Il y avait encore quatre mois, j'occupais la place de tout le monde. J'attendais qu'on me dise que la guerre allait finir, même s'il y a belle lurette que le futur proche a changé de nature. Il n'appartenait plus à ce temps verbal d'exprimer des actions dont l'accomplissement est certain. L'indicatif s'est fourvoyé dans les dédales de la crise. Toute conscience qui consentirait à lui faire crédit justifierait le désir légitime d'esquiver la mort ou la pensée de mourir. Je ne trouve en moi qu'un champ d'épines. Celui-ci est conforme à N'Djamena, mon paysage natal. Le soleil y sévit, la terre en frémit, et les grains de sable, et les chiens miteux. Des termitières géantes brillent à l'horizon comme des cathédrales. Ou des mosquées, c'est selon.

45

Le colonel est devenu introuvable. Certes, Emile-Mercy me donne de ses nouvelles, mais lui-même ne me fait plus signe. Après le congrès de Sarh, c'était bien la seule chose qu'il me devait, mais le sous-fifre que je suis ne saurait outrepasser les règles de la préséance en prenant l'initiative d'aller frapper à sa porte. Mon désir était plus modeste : le voir, tout simplement, le contempler.

Lorsque le colonel s'est décidé à me convoquer, on était déjà arrivé à la mi-novembre. Son avion personnel m'attendait en bout de piste, prêt à décoller. C'est dans les airs que j'ai appris le but de ma mission : ramener Orthance au front. J'en avais souri. A présent, je savais où se trouvait le colonel. "Vous avez dit : «Au front» ? ai-je demandé, comme si je réalisais enfin le vrai motif de mon voyage improvisé. – Oui, parfaitement", a répété le pilote. Et il a ajouté : "Le colonel veut passer quelques jours avec ses hommes. C'est là-bas que vous le rejoindrez..."

Ce fut mon premier choc. Je me retrouvais au cœur de la folie des puissants, qui me procurait une griserie d'un genre nouveau. Le lieu où celle-ci œuvrait m'était connu de longue date. Du temps de mes études, la ligne Paris-Fort-Lamy était l'espace où une bouteille de vin me faisait planer à l'égal de l'extase. Le paroxysme sexuel occasionnait un plaisir plus noble que le vin, même s'il s'émoussait plus vite. Dans les hauteurs, le vin provoquait une forme de ravissement plus durable, mais auquel manquait l'essaim de bonheur qui s'emparait de tout le corps, comme je l'avais souvent expérimenté avec Lucie, par exemple. Dans les airs, c'est mon cerveau qui jouissait plus que le reste. Je n'étais plus alors que lui, au point que je finissais par trouver étrange ce plaisir-là. Car jamais la jouissance, quelle qu'elle fût, ne m'avait empêché de penser. Dans l'extase sexuelle, j'étais sûr d'avoir ma part de bonheur bien réfléchi. J'épousais sa courbe, je l'accompagnais d'écoute et de pensée, en espérant une jouissance meilleure demain ou dans une semaine, au gré du hasard et de la chance. Cette qualité d'abandon, le vin d'Air France ne me l'offrait pas, malgré des conditions exceptionnelles : l'altitude. Le retour sur terre se trouvait meublé du souvenir de l'amoureuse amiénoise qui, patiemment, m'attendait à la fin de l'été. L'automne s'accorde si bien au vin, au pain, au fromage et à l'amour que l'on fait devant la cheminée.

Gérard, le pilote, ne se doutait pas de l'émotion qu'il suscitait en moi. J'étais réduit à être le chef des eunuques du harem du colonel, un statut qui me faisait d'autant plus sourire que j'avais conversé avec Orthance voilà bientôt un an. C'était dans les jardins de la préfecture de Bongor, lors de ma première audience. A présent, je doutais de ma capacité à la reconnaître. Au fond, cela n'avait aucune importance : un guide, je suppose, me mènerait sûrement à elle. Mes appréhensions étaient inutiles.

— Dites-moi, pourquoi m'a-t-il chargé de ça ?

— Je ne suis qu'un pilote, un exécutant !

— Et moi alors, que croyez-vous que je sois ?

Gérard a souri.

— Votre réponse me plaît, avait-il dit en se tournant vers moi. L'essentiel, c'est d'assumer ce qu'on vous confie, c'est tout.

Ce pilote, si je ne m'abuse, a le don d'apaiser les gens.

46

LA FILLE DU GÉNÉRAL

Après avoir cherché sans succès Orthance dans deux bars huppés de Moundou, je ne me doutais pas que l'adresse à laquelle j'avais fini par demander qu'on m'oriente me réserverait des surprises. Mon guide m'avait conduit à une rue qui semblait lui en imposer. Dans une vaste maison européenne, Orthance prenait du bon temps, comme le ferait n'importe quelle fille de grande famille. Justement, j'ignorais son pedigree : ce fut l'objet de mon deuxième choc. Il se trouvait que le père d'Orthance était le général Kodjo, ce dont je ne savais rien de rien. Ce militaire de rang supérieur vivait à N'Djamena, toléré par les factions nordistes, puisqu'il servait de faire-valoir au gouvernement d'union nationale de transition. Le général Kodjo avait été nommé chef d'état-major d'une armée fantôme : à ce titre, il ne se privait pas d'accabler d'insultes par la voie des ondes et celle des journaux, le colonel. Ce dernier était devenu le fossoyeur de la prétendue armée. Il fallait comprendre par là que l'organisation en question était une chose impossible, que le colonel en fût ou non le naufrageur. Le général était payé pour jouer le gérant d'une formation dont l'existence, à tout le moins fictive, permettait de commander des armes en son nom, de recevoir des tenues et des dotations diverses, lesquelles étaient détournées par Hassane-Hissène, ministre de la Défense, pour équiper ses hommes. Les miettes allaient aux factions du président Oueddeye. Au passage, on dédommageait le général de paille. Ce trafic, que je connaissais bien, et qui me faisait à présent de moins en moins sourire, tant il discréditait la place de mon pays dans le concert des nations, et tant il le transformait en une confrérie de grands malfaisants, ce trafic, donc, nous enlevait toute possibilité de retour à la normale. Je le contemplais de bien loin. J'ignorais alors que j'allais entretenir des liens de quelque nature que ce fût avec l'un de ses protagonistes, du moins le roitelet de ces gangsters, et dont la fille se trouvait être la favorite du colonel.

Toute cette histoire paraissait bien folle et bien cohérente – si, par cohérence, on entendait ces accords de fortune qui forçaient la logique et le destin. Je me gardais bien d'y voir l'antique ménage de l'amour et de la guerre, si tant est que l'amour fût la préoccupation du colonel. Juger de son commerce avec Orthance comme une vendetta n'était pas crédible. Baiser la fille de son général, était-ce le diminuer dans sa superbe ?

J'avais plutôt l'impression que le colonel avait dû connaître cette fille en sa prime jeunesse. Leur relation remontait aux années où le fringant officier, pour des raisons militaires ou amicales, fréquentait la famille de son supérieur. La nubile en était tombée amoureuse à ce moment-là. La suite n'était qu'une affaire de séduction réciproque.

Or, en presque douze mois où nous ne nous étions pas vus, Orthance avait entrepris de se décaper la peau. Je l'avais rencontrée pour la première fois la nuit : les contrastes – plutôt clairs de sa chair – n'avaient pas éveillé mes soupçons.

La villa du général Kodjo trônait sur le Logone, comme un de ces hôtels au style colonial qui constellaient la corniche. La jeune dame se prélassait à la véranda, perdue au fond d'un transat qu'ombrageaient des bougainvillées. Elle rêvassait et fumait. Quand elle m'a aperçu, elle a réfréné un mouvement de joie. Elle avait tout de suite compris que je ne lui rendais pas une visite de courtoisie. De nous deux, j'étais celui qui était le plus intimidé. Elle le vit et en sourit. Après les échanges d'amabilités, elle fit semblant d'avoir avec moi quelque aparté, un stratagème destiné à éloigner le chauffeur. De notre tête-à-tête, il ne sortit rien qui vaille. A la minute même où nous nous sommes trouvés seuls, j'ai su que je n'avais rien à lui dire, non que je manquasse de ressources, mais cette intimité me faisait perdre de vue ma mission. En un éclair, j'avais senti que je plaisais à Orthance et, dès lors, j'avais toute latitude pour me transformer en missionnaire de ma propre cause, au détriment de celui qui m'avait envoyé à Moundou, le colonel lui-même, président frais émoulu de la république du Logone, vice-président du GUNT... Celui-ci avait peut-être déjà perçu l'inclination de sa belle à mon égard. Si c'était le cas, j'étais justifié à traiter le colonel comme le plus grand des pervers. C'est dire que la tragédie planait au-dessus de ma tête. L'espèce de lucidité qui s'était emparée de moi m'a comme donné le moyen de me voir et agir et penser. J'avais tout loisir de me rêver ange, en sachant pertinemment que sous les ailes de l'innocente figure se cachait le démon. Alors je me suis contenté de sourire.

— A quoi tu penses ? m'a questionné Orthance.

— A la même chose que toi : faire notre devoir.

Elle s'est redressée d'un coup et m'a considéré longuement. Pendant qu'elle me jaugeait, je m'étais senti et fier et beau, pareil à un don Juan qui venait de marquer des points.

— Seras-tu là quand je serai enfin seule ?

— Oui.

— Je ne te parle pas d'amitié, tu en es capable, je te parle d'amour.

— Faisons notre devoir, veux-tu ?

— Oui, faisons notre devoir ; excuse-moi d'avoir forcé ta volonté.

— Tu viens de m'offrir le plus beau des échanges…

Elle a encore souri, mais d'une façon tellement mignonne. Puis, elle s'est mise à rassembler son nécessaire de voyage. En la regardant s'affairer, je me suis dit : "Orthance vient de grossir nos rangs à Gérard et moi : celui des compagnons du devoir. Nous formons les membres du vaste rouage de sa machine à désirer. En un sens, m'incombait le ministère de l'Adultère, à Gérard celui du Transport aérien, à Emile-Mercy celui de l'Administration, aux soldats celui de la Guerre, et ainsi de suite."

C'est pendant l'intervalle où Orthance faisait le va-et-vient que j'ai connu mon troisième choc : il fut sévère. L'odeur qui m'avait incommodé et que j'avais mise au compte d'une allergie passagère provenait du corps d'Orthance, dont la lumière égalait à présent celle qui émanait de la peau du colonel : mes tourtereaux avaient le même incarnat. Orthance voulait-elle se hisser au même degré de brillance que son amant ? Ou voulait-elle rendre son apparence aussi lumineuse et aussi inaccessible que les vitrines ? Le leurre nouvellement acquis par son épiderme exhalait une odeur de serpillière, une odeur d'égout… La maîtresse du colonel n'avait jamais été aussi claire de peau. Elle bougeait, elle m'infectait de sa beauté chimique.

Au début et, plus surprenant, à la fin, l'odeur pharmacienne vous met au bord de la détestation. Soudain, votre corps vous devient hostile, et ce pour une raison qui ne se voit que trop : la femme qui se tient devant vous. Ce cas mis à part, c'est en arpentant jour après jour les couloirs des hôpitaux qu'on fait de semblables expériences. Les beautés chimiques ont la fragrance des chambres mortuaires. On ne fréquente jamais longtemps un hôpital que parce qu'un ami, un petit frère y vivent leurs derniers instants. On a été seul avec eux, on a inhalé à haute dose l'atmosphère chlorée de la salle où ils endurent leur sort. Et quand on s'éloigne enfin du désastre qui est à l'œuvre en eux, on éprouve le sentiment d'avoir laissé infuser en nous un malheur, pour ainsi dire, chimique, lequel se décline entre empoisonnement et asphyxie. La vérité des corps astiqués de la sorte, c'est qu'ils anticipent leur embaumement. D'où la haine qui leur répond à notre insu, d'où l'effroyable répulsion. Se décaper la peau, c'est comme mourir au frisson de la chair pour lui préférer la toilette des morts. A ce compte-là, on meurt sûrement à l'amour. Si les cosmétiques ordinaires rendent la peau urbaine, la camisole chimique en fait des forteresses : je les quitte, pour ma part, sans regret.

Pendant que je réfléchissais, mon désir d'Orthance mourait peu à peu. Certains mâles, une fois acclimatés au parfum de ces filles-là, ne couchent plus qu'avec celles qui leur ressemblent. Vu l'essor de l'industrie cosmétique, ce sont des amants promis à un bel avenir.

Profitant d'une éclipse d'Orthance, je suis revenu à la véranda. De l'air, j'avais besoin d'air.

47

Orthance a vu que j'avais changé d'attitude à son égard, détail que j'allais confirmer en m'installant à côté du chauffeur.

— Tu comprends, n'est-ce pas ? Je ne peux pas occuper l'autre place !

— Lâcheur, tu te débrouilles bien, je vois !

Son ton, en dépit de son enjouement, ne laissait pas de m'inquiéter. J'avais été léger en agissant ainsi : c'était même une gaffe. Orthance pouvait en tirer parti, et je l'aurais bien cherché. En manière de diversion, je lui ai dit :

— Nous avions promis d'être fidèles à notre devoir…

— Tu vas me le rappeler à tout bout de champ ?

— Pardon !

Nous avions ri, et le chauffeur aussi. Ce fut un sacré soulagement pour moi.

A notre arrivée à l'aéroport, Gérard terminait le plein de kérosène.

— Vous arrivez à temps, nous décollons dans un petit quart d'heure.

Il parlait sans même prendre le temps de nous regarder. En fait, il faisait semblant. Rien de nos gestes ne lui échappait. Il ne voulait surtout pas me donner l'impression qu'il me surveillait. Le colonel le mettait sans doute sous pression. Entre-temps, Orthance est montée dans le huit-places présidentiel. Elle y avait ses habitudes. Gérard m'a demandé de la rejoindre. "Vous devez lui tenir compagnie, a-t-il murmuré. C'est un colis précieux, a-t-il plaisanté. Vous mettrez le casque ; comme ça, vous suivrez les indications de vol."

Ce que j'ai fait, contrairement à Orthance, pour qui notre plan de vol n'était pas un secret.

— Cet aérodrome vous paraît calme, ne vous y fiez pas. Dans une dizaine d'heures, il s'animera comme jamais. Le pont aérien entre Tripoli et Moundou commence à minuit. "Mais où sont les produits du trafic ?" vous demandez-vous. Tout est organisé pour que rien ne subsiste au petit matin. L'efficacité consiste à laisser très peu de traces – le moins possible, en tout cas.

"Voilà, je touche au réseau de résistance !" me suis-je dit en moi-même. Du coup, la république du Logone m'est devenue beaucoup plus tangible.

Pendant mon court séjour moundoulais, je ne m'étais pas rendu à la résidence du colonel. Il a investi la villa du directeur général de la Cotontchad, une bâtisse luxueuse autant que vaste, où il dispose de plusieurs pièces et du confort digne des bureaux les mieux conçus. Pareille infrastructure lui a permis de ménager le préfet du Logone occidental : c'était sa demeure que le colonel allait réquisitionner, s'il n'y avait pas eu l'équipement annexe de la société cotonnière.

Gérard s'est gardé de me dire où nous allions atterrir. J'avais mon idée sur le lieu en question, une intuition de résistant. Nous nous poserons sur la route de Guélendeng, tels étaient mes calculs, certainement vers Mogroum, plus précisément sur cette portion de bitume où un à deux kilomètres se déploient en ligne droite. C'est une bonne distance pour permettre des manœuvres d'approche, même à des gros-porteurs. En suivant cette logique, je me demandais si les livraisons libyennes ne se faisaient pas elles aussi au même endroit. La forêt des jujubiers qui constellait le pays était parsemée de nombreuses clairières. Peut-être y avait-on aménagé quelque aérodrome clandestin. Après tout, le camp militaire de Koundoul était exactement à vingt kilomètres de Mogroum et de N'Djamena, un intervalle suffisant pour assurer le secret des opérations. Plus personne ne passait le pont de Chagoua, dans un sens comme dans l'autre. Sur la rive droite du Chari, et ce dès le quartier Walia, commençait la république du Logone, c'est-à-dire le Sud, et sur la rive gauche, c'était le Nord et sa défunte République tchadienne.

Les espions se recrutaient dans les deux entités, qui, au prix de leur vie, tentaient de faire passer des informations d'un pays à l'autre. Nombre de Kimois qui résidaient encore à N'Djamena parvenaient à transmettre des nouvelles au pays. Elles étaient de seconde main, frelatées, comme il se devait, souvent recueillies au camp des réfugiés de Fort-Fourreau, la commune camerounaise que le Chari relie à N'Djamena. On avait quelque peine à réaliser que des paysans et des pâtres, le long de l'antique route de la capitale, offraient l'hospitalité à nos soldats. Ils les convoyaient, la nuit, avec discrétion, en suivant des itinéraires parfaitement balisés. Le silence de Gérard me rappelait ces faits que j'avais lus dans les dépêches du front.

A notre atterrissage, le pilote nous a poussés dehors comme de vulgaires colis. De part et d'autre de la route, c'était le calme d'un après-midi de novembre. Rien, personne en vue. Le ciel lissait le bitume, le zéphyr flattait son eau chimérique, la chaleur modulait la stridence des cigales. Gérard a lancé son moteur et, très vite, a décollé comme s'il mettait le cap sur N'Djamena. L'avion, une fois son altitude atteinte, a amorcé le virage vers le sud. Orthance et moi suivions ses manèges les mains en visière. Il était quatre heures, Gérard ne regagnerait pas Moundou avant le coucher du soleil. Mais qu'allait-il advenir de nous, entourés, comme nous l'étions, par la solitude ténébreuse du bitume ?

Je me suis alors tourné vers Orthance.

— Ils vont venir, me dit-elle ; d'ailleurs, les voilà…

— Où, là ?

— Regarde…

Ce fut incroyable ! Des deux côtés du remblai où se déployait la route, des soldats se dégageaient de leurs tranchées comme des statues de pierre qui, à un signal précis de l'ange, retrouveraient et le mouvement et la vie. En deux temps trois mouvements, ils nous ont cernés.

— Bienvenue ! a crié le sergent qui commandait le détachement.

Puis, en direction d'un de ses soldats, il a prononcé ces mots :

— Mission 43.7. Les débarqués sont à l'heure, nous rentrons au camp.

Le radio (les mots du sergent lui étaient destinés) les notait et, ensuite, les répercutait à son combiné téléphonique. Je suppose que, au QG, perdu quelque part dans le bassin n'djaménois, il avait été reçu cinq sur cinq.

Du lointain, deux jeeps s'avançaient vers nous. Entre autres vertus, l'atterrissage possédait celle de nous rendre à la terre comme si des Martiens confrontaient enfin leurs images en noir et blanc aux réalités bigarrées du monde vu de près. Nous étions revenus en ce bas monde, et ce n'était ni les paysans, ni les partisans que je contemplais, mais une armée de métier : elle accomplissait sa tâche comme un musicien ferait ses gammes, avec méthode et circonspection. Dorénavant, nous serons escortés, reluqués, guidés pas à pas, ordre après ordre. Au contact des soldats, je sentais monter en moi le désir de me transformer en l'un d'eux.

Orthance a pris place à côté du sergent ; moi, je suivais dans l'autre jeep. Mon voisin, un caporal-chef, m'a demandé :

— Que faites-vous dans la vie ?

— Je suis professeur de lettres.

— Oh, un capitaine, un vrai ! s'est-il écrié.

Aussitôt, il a esquissé un garde-à-vous.

— Dis, a-t-il fait au chauffeur, c'est monsieur, le capitaine de notre opération, cédons-en-lui les rênes !

Tous ont ri de bon cœur.

— Caporal-chef Randi, mon capitaine ! a-t-il dit d'un ton martial.

Et il a encore salué. (Parfois, les militaires me font penser aux Japonais : toujours des courbettes, comme s'ils étaient les acteurs d'un kabuki bouffon.)

Les autres ont fait leur présentation dans la foulée, des caporaux et des hommes de troupe. J'étais intimidé. Le sérieux était leur colonne vertébrale, tandis que la plaisanterie constituait leur soupape de sûreté. D'ailleurs, j'ignorais la sorte de gymnastique intellectuelle qui avait permis au caporal-chef Randi de convertir mon titre de professeur en celui de capitaine d'armée. Le moins que je puisse dire, c'est que j'étais accueilli.

48

LE CAPITAINE DOUBAYE

En arrivant au camp de Koundoul, j'ai éprouvé l'immense joie d'embrasser le capitaine Doubaye. En l'apercevant, j'avais senti que ma vie allait être bouleversée. L'ami, le presque frère m'attendait au pied du mât du drapeau comme s'il m'invitait à m'engager. Les militaires ont le sens du langage codé. Peut-être voulait-il tout simplement me signifier son amitié sinon virile, à tout le moins martiale. C'est alors que toute la souffrance et toute la beauté de la séparation d'avec Alice me sont remontées, violentes, spasmodiques.

L'acte du capitaine m'avisait de la victoire à venir sur les hommes de Hassane-Hissène, tant il est vrai que mon ami ne se manifestait jamais à moi que pour des baptêmes du feu. Déjà le sort d'Orthance ne me préoccupait plus. Après tout, elle était en de bonnes mains, ce que me confirmera plus tard Doubaye. “Tu ne la reverras pas de sitôt, ni, d'ailleurs, le colonel : il se trouve au front. Attendons les ordres…”

C'est à la faveur du soir que j'ai pu jouir de la présence du capitaine, comme ç'avait été le cas une année plus tôt, à Laï, lorsque j'avais abandonné Alice à elle-même pour me soucier du destin de ma femme. J'avais été désespéré de ne pouvoir intégrer ma jeune conquête dans mon quotidien, comme si, pour assumer mon être social, je devais nier le spectre de mes différentes appartenances : amant autant qu'époux, père autant que maître d'une situation où tout pourrait cohabiter sans heurts. C'est faire peu de cas de la souffrance de devoir aimer deux femmes qui tour à tour seront tristes et joyeuses. Pour y faire face, il faut être animé d'une philosophie de maquereau.

Contre toute attente, la nuit faisait refluer en moi une souffrance bien enfouie. Il me semblait que j'aurais pu travailler à soulager la peine des soldats si j'avais collaboré au service des armées, en tant qu'organisateur des tournées théâtrales ; ou convoyeur des filles de plaisir, le job le plus minable qui se puisse trouver. Passe encore pour le théâtre ; le commerce des jeunes filles, lui, m'aurait achevé. Et pourtant, j'assumais de tels actes quand il s'agissait du colonel…

49

UN ÉTRANGE PATRIOTISME

Le lendemain, le paysage s'est comme tassé sous le soleil. Je m'étais réveillé loin de mon lit et loin des habitudes par lesquelles je réapprenais le monde tous les matins.

Après l'appel, le salut au drapeau, les soldats ont eu quartier libre. Les uns jouaient au basket, d'autres, au football. Je m'étais échappé du camp pour une brève promenade dans la forêt de nims. A mon retour, quelle ne fut pas ma surprise : le capitaine Doubaye et ses hommes se livraient à une partie de lutte dans le foin. Le spectacle m'avait saisi. Régnaient entre eux une ferveur et une camaraderie si peu protocolaires que j'ai su tout de suite que celles-ci étaient redevables au caractère de mon ami. Ils formaient la plus unie des familles. Leurs empoignades, leur sueur, leurs cris et leurs jurons embellissaient le jour.

Quand ils m'ont vu arriver, ils ont hurlé : "Allez ! venez ! mêlez-vous ! – Non, je veux bien rentrer chez moi tout entier, je ne suis pas entraîné comme vous l'êtes ! – Ça fait rien, on vous fera pas mal !" Et, tout à coup, j'ai senti que la terre se dérobait sous mes pieds. Deux soldats se sont saisis de moi, ils m'ont fait tourner, puis ils m'ont jeté dans le foin, à la grande hilarité de tous. Je n'en revenais pas de cette cohue si communicative.

Déjà, ils m'entouraient, s'enquérant de mon état. Mais je ne m'étais pas fait mal ; au contraire, j'étais heureux de leur amitié. A distance respectueuse, Doubaye me regardait, réjoui. Il s'amusait de ma bonne humeur, il se félicitait de mon baptême de paille !

— Allons, à la douche, maintenant !

Le capitaine venait de sonner la fin de la récré.

C'est peu à peu que j'ai pris conscience du drame qui habitait ces jeunes gens. Ils étaient destinés à la mort, mais leur incorporation dans l'armée s'ingéniait à me le cacher. Pourtant, toutes les mères kimoises savaient que le fils qui embrasse la carrière des armes n'est un fils qu'à moitié. La vie militaire, soutenait-on, produisait des mamans endeuillées, des veuves et des orphelins. Certaines femmes avaient fait jurer à leurs garçons de ne jamais aller à l'armée : elles préféraient la pauvreté à la mort.

Je contemplais un parterre de jeunes qui allaient affronter le feu, et tout cela paraissait sinon naturel, à tout le moins entendu. Accompagner Orthance au front me semblait scandaleux ; or ce n'était rien en comparaison des jeunes adultes qu'on dirigeait à la mort. Du coup, les miliciens bongorois – et leur défilé en fin d'après-midi – me sont apparus sous un jour plus violent. Hormis que je trouvais inutile cette structure – malgré le fait que mon ami Emile-Mercy la justifiait au nom de l'autodéfense –, elle me confrontait à notre tragédie la plus intime. En effet, vers quatre heures, les miliciens couraient en chantant :

Oh, l'armée ! l'armée difficile !
Si je savais comme ça
Je ne pourrais pas venir !

Ils chantaient en petit-nègre, comme pour souligner l'origine de notre armée : un fait colonial, où les tirailleurs se recrutaient parmi les analphabètes. Un soldat, estimait-on, ne pouvait être qu'une bête dépourvue de cerveau. Les lycéens qui formaient l'essentiel de la milice savaient pourtant conjuguer le passé simple et l'imparfait du subjonctif. Quelle idée de leur faire chanter cette rengaine. Ils se donnaient avec amour et, en retour, on les humiliait. Lorsque les lycéens se manifestaient en chantant, je tremblais toujours sans m'en expliquer les raisons ou, plutôt, je manquais d'audace pour m'interroger sans masque. Je percevais obscurément que ma répulsion venait du fait que notre société était réduite à chanter l'hymne à la mort. On entrait de la sorte dans un régime de vie lugubre et anxiogène. Le chant des miliciens changeait la couleur de mes siestes.

Le vers qui proclamait *"Oh, l'armée ! l'armée difficile !"* était l'euphémisme par lequel on désignait la boucherie. Des pas le martelaient tous les jours à quatre heures, on aurait dit le requiem d'une vérité acceptée de tous. Je me braquais à mon insu contre une forme de soumission générale.

Deux ou trois fois, je m'étais retrouvé sur la route de la corniche, alors que défilaient les miliciens. Mes élèves détournaient le regard quand ils me voyaient arrêté sur leur passage. Cette rencontre était obscène. Eux se donnaient en spectacle, mais sous la conduite d'un maître de cérémonie plus triste que Shakespeare, Victor Hugo ou Jean-Paul Sartre, ces auteurs grâce auxquels je m'efforçais de leur parler de la vie et de la mort, de la beauté et du courage. Avec la milice, mes élèves se trouvaient absorbés dans l'antre de la mort comme si l'école ne valait plus la peine, et comme si, en eux, la tristesse la plus profonde pouvait enfin s'exhaler. Ils étaient perdus : c'est cela que je n'avais pas su voir.

La conjoncture était plus désespérée que je ne le pensais. En période de paix, lorsque mes copains s'étaient massivement engagés dans l'armée, c'était par haine des longues études. Ils gagnaient plus vite leur vie, mais, à la réflexion, leur diligence masquait un désespoir précoce. Nombre des miliciens actuels étaient sensiblement dans le même cas. Ils approchaient la mort dans les règles de l'art, lequel s'appelait patriotisme ou mystique du sacrifice. La question que me posait le comportement des miliciens était la suivante : “Faut-il mourir ?” Cette formulation ne me satisfaisait qu’à moitié. A dire vrai, mon interrogation ne devait porter ni sur la mort ni sur la vie. La présence du colonel me le signifiait amplement : il fallait être, ne fût-ce que par la vertu d’un raisonnement absurde. Les nouvelles frontières du pays exigeaient cette forme de martyr. Comme tout le monde, j’acquiesçais à cette vérité puisqu’il en allait de la mort des autres.

Comme c’était curieux… Le sentiment de devoir se perdre au sein d’une multitude ensanglantée paraissait apaisant. Je n’enseignais pas le culte du feu, ni celui de la mort. Je ne soignais pas non plus des jardins de chrysanthèmes. Je n’exaltais pas mon âme. L’amoureux des hautes pensées, le noceur du feu sacré, le quêteur de la Beauté et du sur-être, je ne les fréquentais pas. Disons que je connaissais le tempo d’une certaine disposition d’âme. Je me tenais loin de tout cela, car je plaignais pareille vanité.

De fait, pourquoi ces jeunes gens, à l’image de mes amis d’hier, étaient-ils devenus soldats, et pourquoi suis-je, moi, devenu professeur ? Nos choix respectifs traçaient les bornes de nos destins. Les militaires cultivaient l’art de verser le sang des autres – le cas échéant, le leur. La probabilité pour qu’advienne cet événement était d’une sur deux – le capitaine Doubaye me l’avait confirmé. Donc, aux soldats, les roses d’hémoglobine ; à moi, celles du verbe : les conséquences, dans les deux cas, n’étaient pas les mêmes.

A mon retour à Bongor, j’attendrais la mort d’un certain nombre d’entre eux. Je savais ce qu'ils éprouvaient. Vaincre ou mourir, le geste tenait à un fil des plus ténus.

Les sentiments sont les jardiniers de notre corps : naître *(voir naître)*, mourir *(voir mourir)*, aimer, décevoir. Je désespérais de partager la terre où nos soldats seront sacrifiés. Ils avaient certes reçu leur rançon de tragique, ils étaient justifiés à mourir pour nous, mais suffisait-il de payer les gens pour que nous fussions quittes de leur sacrifice ? Si le colonel était tué au front, serions-nous quittes de l'espérance qu'il a fait naître en nous ? J'aimerais qu'on me compte aussi au nombre de ceux que la guerre aurait déchiquetés. Que ma mère aille grossir le rang des mères éplorées.

50

Le lendemain, à la faveur du soir, le colonel est revenu au camp, sans tapage, presque incognito. A sa vue, j'ai eu un regain d'espoir. Il m'a accueilli par sa formule rituelle : "Jeune homme, te voilà !" Puis il a ajouté : "Ça va mal, toi ! Qu'est-ce qui va pas ? *Bism Illahi !*"

J'ai ri pour m'excuser du masque mal ajusté sur mon visage.

— T'as déjà compris des choses, on dirait…

J'ai encore ri.

— Sache-le : ici, on fait pour le mieux. Au front, personne ne se préoccupe de la morale et du jugement. La seule expérience insurmontable pour le soldat, c'est la mort. Or nous en faisons commerce. Au front, les femmes cesseraient à coup sûr de faire des enfants, et les hommes deviendraient des machines à suicides... Heureusement, il y a l'arrière-front et, au-delà, la société, les valeurs : elles sauvent l'amour, la foi, la famille. Il faut apprendre à fréquenter simultanément la guerre et la paix ; se convaincre de passer de l'une à l'autre comme l'on traverse les pièces d'un château. Ainsi se donne-t-on les moyens de saisir quelle catastrophe est la boue où s'élabore notre humanité. Qu'Allah veuille bien me le pardonner : la sagesse n'existe pas.

Le colonel parlait à jets continus, et moi, je l'écoutais, avide. Plus il dénonçait la bonté, plus j'y croyais. Ses paroles me rendaient disponible, non pas au pire de l'expérience humaine, mais à la possibilité même d'être là, tout simplement, sans raison ni projet. Je n'avais pas à espérer la bonté : le fait que j'étais suffisait amplement à mon bonheur. En le quittant, lui, le colonel, je ne deviendrais pas pour autant le prédicateur d'une nouvelle voie, bien au contraire. Je venais de comprendre l'essence de ma quête : la présence du colonel était un miracle, son amour de la vie, un défi, le plus personnel qui m'ait jamais été lancé. Sans doute aimait-il tant la vie parce qu'il ne pouvait faire autrement. Son geste plaidait en faveur de la bonté : oser vivre, c'est tout.

Son rang et sa personne l'avaient rendu ou bien si peu humain ou bien totalement humain : j'inclinais pour la seconde hypothèse. Le colonel, tout le monde connaissait sa faille. S'il s'entourait de tant de filles, c'était pour y remédier et, comme tout le monde, il n'y parvenait pas. Sa fêlure forçait mon admiration. Il aurait pu rester la bête sexuelle qu'il était et, de la sorte, se désintéresser de la politique. Mais non. Il assumait ses fonctions de président et de vice-président de la République comme un acte qui allait de soi. Que son corps pût se prêter à autant de fonctions, cela me ravissait.

Le colonel savait qu'Allah pardonne – c'était son rôle, après tout. Qu'importe les femmes. Le nombre ne comptait pas. Quand on avait cédé à l'une d'entre elles, on avait cédé à toutes. Cette faiblesse exquise n'appelait ni pardon ni pitié. L'amour est le manifeste de la confiance d'Allah, qui fait dire au croyant, à certains moments de sa vie : "C'est écrit !" L'évangile de l'amour contrefait le destin.

Je ne voyais pas le colonel comme un futur dictateur. C'était l'homme le plus paisible du monde. Quand il m'offrait furtivement le regard, sa petite moustache carrée sur son visage de jeune lion me dévoilait un être qu'il fallait aimer, un paisible père de famille, un animal domestique. Son apparence était celle d'un mari compétent. Un publicitaire, dans les démocraties marchandes, l'aurait exploité avec succès. Le colonel était splendide.

— Dans un mois, dit-il, nous aurons défait les Forces armées du Nord.

Le colonel me regarde quelques secondes, puis se met à arpenter la salle du PC.

— Tu sais, jeune homme, je ne doute pas de notre victoire. J'espère que les forces que je vais jeter dans cette bataille, et qui sont la clé de notre prochaine réussite, constituent l'acte qui confortera l'autonomie du Sud. Pour tout avouer, je n'y crois pas. Je redoute même notre triomphe : le président Oueddeye prendra peur et nous opposera une fin de non-recevoir. A ses yeux, nous n'avons aucune légitimité pour fonder un Etat autonome. C'est une réaction saine : il n'est pas là pour nous faciliter la tâche ! Mais l'opinion internationale est de son avis. Ni l'ONU ni l'OUA ne veulent de nouveaux Etats, car ils redessinent les frontières issues de la colonisation. Il nous faut vaincre leur réticence, mais c'est peine perdue. Si seulement ce salaud de Hassane-Hissène était de notre parti ! C'est le plus timbré de nous tous, le plus assoiffé de pouvoir, le plus sanguinaire aussi. Il est illusoire de croire à sa mise hors jeu : seule la mort peut nous en délivrer. Or les puissances ne supportent que lui. Ah, ce fils de pute ! Comment le briser ?

Le colonel m'a encore regardé. Malgré l'humour, il était désemparé.

— Jeune homme, dis-moi comment me débarrasser de cette épine ? L'heure est au romantisme. Les journaux, en Occident, peignent Hassane-Hissène comme un révolutionnaire. Ils lui ont même trouvé quelque ressemblance avec le Che, ce qui est grotesque. La république du Logone est menacée sur ses bases. Hier, l'idée de révolution venait en appui aux causes justes. Dans le cas tchadien, elle travaille à la désinformation. Hassane-Hissène a vendu le pays aux puissances, et on l'encense, on lui tresse des lauriers. Pendant ce temps, on accable Oueddeye ; on me traite de mercenaire !

Joignant l'acte à la parole, il exhibe des magazines français et américains. *Newsweek*, en couverture, tire le portrait de Hassane-Hissène. *Le Canard enchaîné* ironise sur Oueddeye, *Jeune Afrique* étale à sa une : "Son nom : Rassembaye Degoto ; son grade : colonel ; son destin : sécessionniste tchadien."

— Comme tu vois, la messe est dite. Toutes ces feuilles de chou savent que nous allons défaire Hassane-Hissène ; aussi ne le soutiennent-elles que plus ouvertement. On nous torpille, c'est certain.

51

Il y a quelque consolation à faire l'amour quand on a affronté autant de périls. A l'image du colonel, j'éprouve le besoin de rentrer à Bongor. Ainsi pourrai-je faire l'amour à Maureen. Je vois qu'elle m'attend – du moins, l'envie que j'ai d'elle conforte mes illusions.

IV

VICTOIRE OU DÉFAITE ?

13 décembre 1980-7 juin 1982

52

LE CADASTRE DE LA NOSTALGIE

Une ville t'aime quand ta motocyclette ne s'embourbe pas dans ses rues. Et, même quand elle s'y enlise, des gosses surviennent, qui t'en tirent avec de grands éclats de rire. La motocyclette est le symbole de la classe moyenne, et le sable, à Bongor, la norme de terrassement des routes. L'une et l'autre s'accordent si peu.

Une ville t'aime quand ton petit vélo fait le superbe, à l'image du coq de la basse-cour. Le vélo, ce véhicule du peuple. Les pasteurs de brousse ne le dédaignent pas, et même certains fermiers, ne serait-ce que pour suer quelque peu, quand, dans l'arrière-pays, la charrette se traîne avec sa cargaison de taros. La sueur est la noblesse du cultivateur, mais elle fait honte au fonctionnaire. Le bureau sied aux tenues de ville et rien, à son égard, ne doit rappeler l'effort de pédaler. Le vélo force l'admiration, mais il rend bien trop visible la sueur.

Une ville t'aime quand, sans motocyclette et sans vélo, tu t'en vas, fier, joyeux, saluant les uns, embrassant les autres avec un bonheur sans mélange. Vous appartenez à l'élite, vous vous promenez, et la lieue que vous arpentez ne dépasse pas huit cents mètres. Le grand art c'est de ne jamais transpirer. L'élite, quand elle sue, injurie son rang.

Une ville vous aime quand…

Or l'effort de guerre, en amputant notre solde de moitié, avait eu le mérite de faire refluer en moi le sentiment de la ville. Si j'en croyais l'expérience de mes collègues, ce qu'ils appelaient la nostalgie portait aussi un autre nom : la liberté. Et nous n'avions jamais été aussi libres de notre vie qu'à N'Djamena. Le vrai devoir est celui auquel on a cessé de penser, la vraie liberté celle qui fait oublier la contrainte. Il me reste de N'Djamena le souvenir de la joie d'aller et venir, la possibilité de se dépenser et de jouir sans frein. Jadis nos dents étaient beaucoup plus blanches, nos sourires, un tantinet brillants. Rien à voir avec l'haleine pourrie qui, depuis six mois, s'exhalait dans mon bureau au passage de mes visiteurs… La distance, ou, plutôt, une proximité empreinte de bonté, entretenait jadis notre commerce. C'était la liberté, en effet. Celle de manger, de parler, de baiser, d'entreprendre, de sourire et de pleurer comme opère la succession des heures, le convoi des saisons, le train des baptêmes, celui des enterrements, le carrousel de Noël, la procession pascale, la fête du mouton avec l'Aïd al-Fitr, en un mot, la liberté, la magie, la grâce.

Après quatre mois de demi-salaires et deux autres qui avaient manqué à l'appel, la nostalgie revenait avec une violence d'autant plus forte que, dans la plupart des cas, nous étions devenus des êtres hirsutes, d'une propreté douteuse, prêts à rendre des coups, comme ces vieux beaux qui deviennent mauvais dès qu'on résiste à leur charme tarabiscoté. Chacun arpentait en lui-même une ville où il retrouvait sa rue, son bistrot, sa maîtresse, ses amis, sa fontaine – il y en avait en tout trois, et si peu accessibles aux âmes romantiques –, son aéroport (faire des adieux à la rentrée de septembre, quelle délicatesse), en un mot, ce port d'attache qui rapatrie l'émotion. Les plus fortunés, surtout les ministres, allaient au bordel du quartier G***. De la rue, rien ne le distinguait des autres maisons. La concession n'djaménoise cache souvent un porche spacieux derrière une banale porte de maison de terre. La voiture qui est garée à son seuil jure avec le reste. On soupçonne un visiteur de marque, un égaré de première dans ces lieux primesautiers.

J'étais loin de connaître les privations de mes collègues ; à présent, nous formions les phalanstères des exilés de l'intérieur. Nous marchions à côté de nos pompes et, pour certains d'entre nous, les pompes étaient déjà dans un état de décrépitude avancé. Sans économie de quelque sorte, et sans la possibilité de compter sur une ville où aller et venir pouvaient se faire dans l'anonymat, nous étions perdus, nous étions foutus. Passe encore que les chaussures s'usent. Mais à quel cordonnier les confier, qui les ressemellerait en toute discrétion ? Il n'y avait qu'un seul cordonnier à Bongor. Son atelier était sis au grand marché. Même si, pour soustraire sa misère pédestre à quelque publicité, on confiait la réparation de ses godasses à un garçon de courses, celui-ci finissait toujours par rencontrer dans la boutique attitrée un de vos élèves, la fille d'un collègue (ou son épouse), une connaissance de bonne compagnie, un très cher copain qui, alors, s'exclamait : "Mais ce sont les souliers de… !"

Rien n'était plus laid que des chaussures où on avait transpiré tant de fois, et sur lesquelles se penchaient des gens qui n'avaient pas été invités à le faire. Les rues bongoroises étaient inurbaines.

Quand mes collègues débarquaient dans mon bureau, je voyais tout de suite que leur chemise ou leur pantalon avait besoin d'être rafraîchi. Ils venaient me demander de l'argent, et je le leur procurais dans la mesure du possible. Lorsqu'ils s'en allaient, après m'avoir remercié pour la troisième fois en moins de cinq minutes, leurs courbettes doraient pour moi la pilule des ressouvenirs. Ces derniers me révélaient qu'on pouvait habiter Bongor, Sarh ou Moundou, à la condition toutefois de trouver dans ces villes la maison qu'on avait perdue. Ce schéma pouvait aussi s'appliquer aux salaires, aux rues, aux lieux de vie, au plaisir, au paysage. N'Djamena gagnait en attraction parce que les fonctionnaires sudistes n'avaient pas été dédommagés de leur ville et de leurs rêves. Ici, on souffrait ; là-bas, on vivait ; ici, la faim hantait leurs gestes ; là-bas, l'aisance régnait ; ici, on éprouvait une honte soigneusement refoulée ; là-bas, on ne se souvenait pas d'avoir connu la mésestime de soi. Dans l'air méridional planait un soupçon de sauve-qui-peut. Et c'est Hassane-Hissène qui, contre toute attente, allait nous offrir la rhétorique de nos épanchements d'âme.

53
LA PROPAGANDE

La propagande de Hassane-Hissène se faisait par les ondes, cette invention de la modernité, la nouvelle Pentecôte de l'âge électronique. Pour être inspiré, pour recevoir l'Esprit-Saint, il suffisait de se munir d'un transistor, si modeste fût-il. Pour le reste, le dieu des ondes y pourvoyait à la mesure de la performance de votre appareil.

L'auditeur des propagandes était un évangéliste : cela, je l'apprendrais à mes dépens. Quant à la prédication de Hassane-Hissène, elle avait commencé voici neuf mois, juste au moment où il quittait avec perte et fracas le GUNT. Peu de temps après, le bruit avait couru qu'il s'était doté d'une station de radio, et qui plus est mobile. Elle émettait deux fois par jour : le matin et en fin d'après-midi. Le soir, elle rentrait à la maison, ce qui est une manière de parler. Car nul ne savait où le car de la station ambulante était rangé, une fois son service accompli. On imaginait un fortin, un hangar blindé, un *no man's land* pour sa cachette. Deux semaines avant la chute du rebelle, on avait prétendu que le fourgon émettait du camp des réfugiés tchadiens de Fort-Fourreau. On le disait tantôt ici, tantôt là. L'esprit concevait de la fatigue à suivre ses déambulations, longues, ininterrompues, à l'image de la musique des sphères. C'était là faire usage d'une métaphore quelque peu déplacée, surtout lorsqu'il s'agissait de qualifier une plage d'ondes où ne s'entendait que la mélodie du sens. Je comprenais alors pourquoi nos ingénieurs balisticiens s'arrachaient les cheveux. La mobilité des lieux d'émission rendait hasardeux leurs calculs. Cette radio méritait le nom de Saint-Esprit, comme l'avait un jour nommée Joël, mon collègue d'anglais, à mon grand étonnement. Mon émotion retombée, j'avais dû reconnaître l'excellence de ses états de catéchisme. Sa réponse était le signe que le phénomène avait pris d'énormes proportions, ne serait-ce que parmi les élites. Aussi ai-je voulu en avoir le cœur net. A la première occasion, je m'étais rendu à la préfecture. J'avais alors interrogé le colonel, qui m'avait répondu par un sourire plein de sous-entendus. J'en avais conclu qu'il en savait plus qu'il ne voulait le dire. Aussi notre existence radiophonique – pour ne pas dire notre existence tout court – était devenue un bouillon d'ondes malmené par des changements de fréquences intempestifs. L'identité, en temps de guerre, avait besoin d'être constamment renforcée. La nôtre faisait l'effet d'un mégot fumé par je ne sais quel diable, un mégot chétif, solitaire, et qui achevait de se consumer au cœur de la nuit. C'est dire la faiblesse de son signal.

L'émetteur ennemi était d'une puissance supérieure à celui de Moundou, la radio méridionale. L'un et l'autre faisaient de la propagande, mais celui de Hassane-Hissène était plus séduisant dans la mesure où son contenu était fait d'idées. A Radio Moundou, on informait, distrayait et combattait la désinformation, en négligeant quelque peu la guerre psychologique. C'était une radio généraliste : sa couleur était celle de la vie domestique.

En tant qu'organe de combat, on attendait ses émissions avec le désir vibrant que ça saigne, et on n'était pas déçus. Chacun d'entre nous avait pris l'habitude de l'écouter clandestinement, comme pour se distraire de la morosité bongoroise. Ecouter la radio adverse, c'était, d'une certaine façon, avoir les nouvelles de N'Djamena. Pour les réfugiés que nous étions, c'était la bonne nouvelle. Nous étions devenus du jour au lendemain les otages de la république du Logone, lors même que nos maisons, nos comptes bancaires et notre pays affectif étaient cédés aux nouveaux résidents de l'autre pays, sans qu'on veuille prendre notre opinion. La guerre accaparait l'attention de nos décideurs, comme s'il était possible de mobiliser les soldats – et nous avec eux –, en taisant l'essentiel : nos maisons, nos foyers, nos bureaux. Il régnait un flou qui allait s'avérer désastreux. Les forces qui, en ce moment même, encerclaient notre défunte capitale, ranimaient l'espoir de nous y voir revenir, ne serait-ce que pour nous adonner aux inventaires.

Ce terme de comptables avait acquis un empire dans mes sentiments. Je ne connaissais pas les inventaires, hormis le retour vers N'Djamena qui m'avait valu d'échouer dans les bras d'Alice. Si telles étaient les conséquences des bilans qu'agitait mon esprit, notre banqueroute devenait certaine. Chacun irait à sa perte, et le fait que je pus me le formuler, après l'avoir vécu, rendait mon raisonnement aussi crédible que pouvait l'être l'étoffe des songes. C'était le motif pour lequel l'audition de l'autre radio atteignait en moi le comble de l'excitation.

N'Djamena, en devenant l'autre pays, avait érigé un mur en son sein, qui séparait les quartiers musulmans des quartiers chrétiens, les nordistes des sudistes. C'est en ces termes que témoignaient les rares personnes qui s'étaient échappées de l'ancienne métropole. Que j'aie pu ajouter foi à leur témoignage ne me surprenait guère. Je faisais partie de l'élite sudiste, quand bien même j'imaginasse volontiers revenir à N'Djamena en qualité de résident saisonnier. En somme, le pays ne pouvait être divisé ou, plutôt, il ne l'était qu'en matière de division fédérale. A la grande architecture formelle qui se mettait en place, s'appuyait l'archéologie des sentiments ambigus, faits d'appartenance, d'inimitié et d'amitié. Je les vivais avec un relatif bon sens. Le 12 février 1979 avait quelque chose de bon, réflexion faite : il nous faisait aimer deux pays, à défaut de nous faire aimer deux idéologies. Cette tournure créait notre engouement pour la radio de Hassane-Hissène.

Nous avions cessé de nous questionner sur les puissances qui avaient offert aux FAN un émetteur si performant. La réponse était connue de tous : la France. Pareille déduction, chaque sudiste pouvait la faire dans la mesure où, nos compatriotes étant monolingues pour ce qui est des langues européennes, un équipement allemand, anglais ou russe devenait de fait inutilisable. L'émetteur adverse était donc français, de même que les techniciens qui l'entretenaient. Au sud, les radios de la Météo nationale ou celles de l'Office national de développement rural (ONDR), moyennant quelques bricolages, avaient été transformées en radiodiffusion. Je connaissais le poids de cette gymnastique. On ne se levait pas comme ça pour émettre en cinquante kilohertz. Une assistance technique qualifiée était nécessaire : Hassane-Hissène n'en disposait pas.

De plus, sa radio changeait de bande d'émission presque tous les jours pour échapper aux brouillages diligentés de Moundou, où une cellule technique mettait un quart d'heure à une demi-heure pour se caler sur sa fréquence. Elle devenait inaudible au moment où je réussissais enfin à capter son signal. J'accablais alors les

Moundoulais. Quelle idée de nous priver de la belle intoxication ! Elle donnait des nouvelles du pays quand elle prêchait l'unité nationale. Ces deux derniers termes agissaient en moi comme des sismographes : ils restituaient la courbe de mes attentes. Hassane-Hissène ne cherchait pas seulement notre unité, il cherchait aussi le contrôle de notre conscience par la persuasion et la terreur.

La phraséologie de sa radio était pleine des adverbes en "ment", si tant est que le mensonge fût son plus grand atout. Si sa radio disait la vérité, si elle récusait la division, c'était pour nous réunir sous sa férule. Je me laissais aller à sa logique tout en me demandant : "Et si seulement ça pouvait être vrai ?" Les propagandistes raisonnaient avec une rigueur implacable. A côté d'eux, le colonel et Oueddeye étaient des nains idéologiques. Hassane-Hissène défendait l'intégrité nationale avec une sincérité de combattant, ce qui, en sous-main, lui offrait mon entière et totale adhésion. Je riais de ma dépendance, même si le phénomène ne laissait pas de m'inquiéter. Je n'étais pas le seul à en rire, ce qui signifiait que nous étions nombreux à y croire… Le commandant des FAN était indigne de confiance, mais à force de l'entendre marteler la même vérité je commençais à l'admirer, une admiration dont je trouvais les échos auprès de mes connaissances. J'avais beau me dire : "Ce n'est après tout qu'un lavage de cerveau !", force m'était de reconnaître son efficience.

Ceux qui prêchaient le nouvel évangile en connaissaient tous les ressorts. Ils n'avaient qu'à parler ; notre situation, elle, faisait le reste. Les privations s'accumulaient. Bongor se révélait de plus en plus étroit pour nous, tandis que l'appel au retour à N'Djamena devenait contagieux. Ce n'était pas par hasard qu'on nous appelait des "réfugiés" : nous étions des êtres en transit. La propagande radiophonique accentuait notre état d'entre deux eaux. L'opération de brouillage donnait du colonel l'image d'un menteur, contrairement à Hassane-Hissène, le vrai menteur. N'était-ce pas, tout compte fait, le message subliminal dont sa radio était l'aveu ?

54

L'ÉTAU

La chute de Hassane-Hissène m'avait été notifiée *de visu*, quand un mien parent avait été évacué du front pour un repos prolongé à l'hôpital général de Bongor. C'était un jeune sous-officier, un radio, plus précisément, qui, désormais éloigné de ses appareils de transmission, délirait sans cesse. Sous sa blouse blanche, il semblait un beau moignon, car ses deux jambes avaient été arrachées par un mystérieux obus venu échouer dans la plaine de Walia, non loin du château de l'oncle Djibril, lequel, aux dernières nouvelles, se terrait chez lui, en toute sécurité. La tragédie avait eu lieu au cours de l'assaut de Chagoua.

Enoch – c'est le nom de mon cousin – souriait comme un supplicié. On pouvait lire sur sa personne le commerce de la vie et de la mort. Emile-Mercy m'avait appelé à son chevet ; le Dr Golo nous accompagnait.

— C'est rien, disait Enoch, la douleur est partie avec mes jambes.

Sa phrase nous avait saisis. On était là pour donner le change, en attendant l'arrivée de ses parents et, détail cruel, sa fiancée, qui, comme les autres, résidait à Kim.

Le sourire d'Enoch était, à mon sens, "aidé". Le médecin avait dû lui administrer quelque drogue.

— Vous savez, ce qui me révolte encore, tout diminué que je suis, c'est la désinformation orchestrée par les radios internationales. Hassane-Hissène est en déroute et, pourtant, elles parlent de lui comme de "l'homme fort de N'Djamena". N'est-ce pas dégoûtant ?

Sa voix est montée d'un cran ; il nous a presque harangués. J'aimais son discours halluciné. Même amoindri, le sous-off était déterminé à empêcher qu'on fît son portrait (en martyr), ou qu'on le gratifiât, ne serait-ce que par la pensée, d'images pieuses. Il ne saignait plus, mais toutes ses veines n'étaient pas encore cautérisées. C'était un bien vif homme-tronc. Son poste radio hurlait. De la sorte il avait combattu la douleur les premiers jours de son accident, entre fureur et chagrin, crise de larmes et dépit.

— S'il m'était donné de rédiger un manuel de survie pour les auditeurs vivant en guerre, reprit-il, je leur notifierais sans hésiter : "N'écoutez jamais les actualités diffusées par vos anciennes puissances de tutelle." Leurs radios sont des usines à marasmes. Elles travaillent à la sape des consciences. J'avais beau exhorter mes compagnons à s'en défier, rien à faire : ils y croyaient, les pauvres ! Je leur disais : "Hé, les gars, c'est galère leurs propagandes ! On n'entrave que dalle !", mais ils continuaient à boire ces paroles destinées à nous décourager. Nos hommes en perdaient le goût d'avancer, ils avaient la chiasse. Je leur demandais de décoder, mais c'était peine perdue : ils avaient le moral plus bas que les tranchées. Je les exhortais à lire de façon terre-à-terre les dépêches. Naguère, à Kim, les paysans se scandalisaient pour les manières si peu urbaines de ces radios. “Pourquoi disent-ils ça ?” s’insurgeaient-ils. “Mais ça n’est pas vrai du tout ! Ils sont mabouls ou quoi, vos Blancs qui parlent sur les ondes ?” Pauvres hères de mon cul, que je disais à mes compagnons. La terre est ; la politique, elle, n’est pas terre-à-terre. En tout cas, elle l’est autrement. Elle ne se scandalise pas du mensonge. La politique, c’est pas un champ de fleurs. D’ailleurs, à l’académie militaire, la bataille de la Somme nous était montrée et, figurez-vous, y avait pas de fleurs. L’amas de soldats dans les champs de coquelicots, ça se voyait pas. L’image en noir et blanc est abstraction et soustraction. Elle n’est rien ; c’est le presque rien du presque tout. Le grand écart, voilà où il penche, le noir et blanc. Et c’est aussi l’attitude que je recommandais pour aborder Radio Paris, Radio Bonn, Radio Washington. Elles veulent nous détruire, c’est tout. Apprenons à les écouter avec des filtres en noir et blanc. Question de méthode, gueules cassées. Inutile de pleurer, oubliez votre chiasse, bon sang ! C’est pas parce qu’on vous bombarde d’inepties que vous n’en avez pas, de jugeote. Faut réfléchir, vieux frères. Pas la peine de perdre son temps à s’indigner : ils ont les moyens de nous abreuver de n’importe quoi. Ecoutez-les avec des filtres en noir et blanc, y a pas d’autre moyen. Sinon, allez prendre vos avis ailleurs.

Par exemple, quand l’ancienne puissance dispose d’une émission en langue étrangère – l’anglais, par exemple –, faut jamais rater ça. La vérité sort toujours d’un gosier étranger. Là, elles ne font plus dans la langue de bois. On appelle un cadavre un cadavre. Enfin, des émissions en langue claire, qu'on se dit. On apprend comment les armes ont été vendues, qui les a envoyées, par quel moyen, à quel parti, et pourquoi. Car ceux que les puissances supportent le jour, elles les sabotent la nuit. Elles aiment les chefs de guerre qui se la jouent perso, qui sont révolutionnaires pour eux-mêmes. On les aime beaucoup à Radio Paris, Radio Bonn, Radio Washington…

Le docteur a dû lui donner à nouveau un calmant. Je me sentais une âme de Macbeth à son égard. Mais qui pouvais-je bien trahir en la circonstance ? Et à quels ennemis, à quels amis aurais-je pu faire subir la honte, sinon à moi-même ? Le malheur d'Enoch me donnait du front une bien saisissante photographie.

N'Djamena était effectivement tombée le 13 décembre, sous l'action conjuguée des commandos du 7e régiment sarhois, le 3e bataillon d'infanterie lourde mayo-kebbien, les 5e et 8e régiments amphibies, ainsi que la grande armée des fantassins. Ils avaient simultanément attaqué du nord, du sud et de l'est, appuyés par les combattants de Goukouni Oueddeye, ceux d'Ahmat Acyl et la 5e armée du lac Tchad. Le pilonnage a bien vite cédé le pas à la traque. Il fallait déloger les FAN de chaque rue, de chaque fenêtre, de chaque alcôve, de chaque coin ou recoin, de chaque pan de mur susceptible de donner une niche aux *snipers*. Ce fut un combat sauvage, féroce, ingrat, obscène.

On aurait dit que ma ville natale n'était plus habitée que par les FAN, tant ils savaient se démultiplier. Ils changeaient de fronts, de rythmes et d'armes avec brio. A de nombreuses reprises, les forces coalisées s'étaient trouvées encerclées, puis rasées. Des officiers étaient déboussolés, qui en avaient vu d'autres : Saigon, Diên Biên-Phu, Alger… Ce n'était pas un combat, c'était l'héroïsme à l'état pur.

Donc, au matin du 13 décembre, Hassane-Hissène, accompagné de sa garde rapprochée, réussissait à gagner la rive camerounaise sans encombre. De toute façon, il avait démontré qu'il était le maître du feu, le commandant du champ d'honneur. Pour cette raison, le colonel le haïssait sans retour. "Est-on encore un homme lorsque l'on combat comme il l'a fait ?" s'indignait-il. La détermination du grand insurgé prouvait qu'il aurait pu arracher l'écorce terrestre ou la couverture céleste pour s'adjuger une victoire absolue. Mais les hommes ont leurs limites. La pression exercée par les coalisés ne lui avait pas permis de rafraîchir ses troupes : elles furent défaites. La fuite de Hassane-Hissène annonçait l'horreur à venir.

Pendant un mois, la nuit n'djaménoise a résonné de ses louanges. Avec trois mille combattants, il avait résisté à une armée de vingt mille. Même le colonel l'avouait à demi-mots : "Il mérite de vivre encore un peu !" Cet aveu corroborait le mot d'après lequel le commandant des FAN aurait pris congé de ses hommes en ces termes : "Tenez-vous prêts, je reviens bientôt." On les répétait avec des éclairs dans les yeux : N'Djamena, en effet, respirait la poudre. Même à Bongor, je sentais qu'il fallait laisser retomber les nuages de sa bravoure. Je ne m'étais résolu à me rendre à la capitale que sous l'injonction de mon père. Au ton de sa voix, j'avais su qu'il serait du voyage.

La mise hors jeu de Hassane-Hissène n'a ravi personne, même si la joie, dans un premier temps, s'était saisie de nous comme un feu d'artifice. Un nouveau boulevard nous menait à la cité demeurée interdite pendant presque deux ans. Le colonel envisageait d'y siéger au gré de sa fantaisie. Il avait installé ses bureaux à la villa Mobutu, sur la route de Farcha, à deux pas de l'aéroport. Je projetais de lui rendre visite à l'occasion.

55

NOËL

Emile-Mercy avait persuadé M. le préfet de nous payer, quel que fût l'état du Trésor public. Celui-ci avait tenu parole. Le colonel lui aussi avait signé le décret en faveur d'un prompt paiement. Chacun de nous se retrouvait avec un mois complet. Noël se plaçait déjà sous le signe de la lumière. Pour beaucoup d'entre nous, ce 13 décembre, fête de la Sainte-Lucie, marquait la grande connivence du sacré et du barbare, tout comme la naissance du divin enfant n'avait pas empêché Hérode de passer au fil de l'épée tous les nourrissons de Judée. Avec des lampes-tempêtes, quelques lampes électriques, des guirlandes de fortune, des bonbons à volonté et, surtout, des cakes – des cakes en grand nombre –, nous sommes allés réveillonner au temple, tout heureux de la communion retrouvée.

C'était la première fois que je revoyais le pasteur, ainsi que la plupart des notables. Au lendemain du jour où le procureur de la République était allé rejoindre Hassane-Hissène, ils s'étaient montrés veules. L'infortunée Ruth, l'épouse d'Edgar Balamsouma, fut exclue de la communauté des fidèles. J'avais cessé d'accompagner Maureen au temple à cette date-là. Ce soir, ils pavanaient, avec des visages plus ou moins innocents. La liesse de Noël pouvait aussi être celle du carnaval. Le pasteur était tout à sa joie. "Seigneur, priait-il, tu nous as donné les heures et les jours, l'être et le paraître pour que ton fils bien-aimé dise ton amour à notre humanité pécheresse. Nous t'en louons, nous t'en glorifions. C'est pure bonté que d'être homme et femme dans une nation libérée ! Gloire à toi, salut de notre âme !" L'amen de l'assemblée fut une sorte de transe. La pensée selon laquelle il était beaucoup plus facile de provoquer un orgasme collectif, quand il en allait des motifs spirituels, qu'un orgasme individuel, même en baisant avec la plus belle des créatures, se trouvait vérifiée. Le nom de Dieu est un multiplicateur d'audaces.

A l'issue de la messe de minuit, nous sommes rentrés à la maison, accompagnés de mon père et de ma mère. Comme elle était bien jolie, ma mère ! En vingt-deux mois, elle avait pris un bon coup de vieux, comme ces femmes arabes qui deviennent reluisantes à force de gavage. Le visage de ma mère s'était enrobé, à la grande joie de Cynthia, sa petite-fille, qui ne perdait aucune occasion pour tirer sur ses joues. Maman se laissait faire. Elle entretenait sa posture de grand-mère, elle travaillait à l'instituer. Elle attendait aussi que nous lui annoncions la bonne nouvelle du prochain bébé. On était la nuit de Noël, mais ma femme et moi ne rêvions pas d'enfant. L'affairement dans lequel je me trouvais m'empêchait de nourrir de telles espérances. Mon énergie fécondait d'autres lices. Cynthia représentait le rachat de ma dette envers mes parents.

D'ailleurs j'ignorais comment nous l'avions conçue. Nous l'attendions, c'est certain. En ces temps-là, j'étais amoureux de Maureen. Avec le temps, l'eau a coulé sous les ponts. Maintenant, je m'entendais à l'action ; hier, j'étais passif, donc transi. Mon centre de gravité penchait hors de moi ; je courais après ; en bon sprinter, je devais me hâter pour ne pas pointer en bon dernier. A dire vrai, Maureen n'était pas prête pour un nouveau bambin. Mon hyperactivité l'effrayait.

Sur ces entrefaites, maman a abordé le sujet qui flottait dans l'air depuis le 13 décembre : le retour à N'Djamena.

— Je m'ennuie de ma cuisine, et de ma chambre. J'en peux plus de ces maisons d'emprunt.

Mon père l'a rassurée ; en tout cas, il a fait semblant. Penché tendrement sur elle, il s'offrait à mon admiration. Ses traits n'avaient pas bougé. Il ressemblait au même homme que j'avais connu avant et pendant la guerre, un être sympathique, réservé et qui suivait les événements avec distraction. Il dissimulait sa nostalgie comme s'il s'aménageait une porte de secours en direction de la province, au cas où la capitale deviendrait impraticable. Il me regardait suivre le colonel avec la même humeur placide. J'attendais de lui une franche adhésion ou une franche opposition, mais il s'en tenait à la position médiane, véritable morale de Croix-Rouge. Ou était-ce la prudence du retraité ? Je le reconnaissais à peine. J'avais partagé avec lui tant de sensations, au nombre desquelles la conscience qui nous instituait gardiens d'une famille composée, pour l'essentiel, de femmes. Nous les protégions, ne cédant jamais à l'envie de les tromper, ni d'abuser de leur confiance. C'était au nom de ce pacte que je revendiquais le droit d'être rudoyé par lui : je serai toujours son fils, il sera toujours mon père.

Or papa me laissait vivre en roue libre, lui qui m'épaulait si souvent. Peut-être traversait-il une crise que je ne percevais pas. Il était distant. Je ne ressentais plus notre ancienne proximité. Jadis un mot de sa part suffisait pour que je fusse à même de confirmer mes intuitions, ou de provoquer quelque accord entre un acte et une pensée. Papa était dépassé par les événements ; la nouveauté nous cernait comme une équation à plusieurs inconnues. Il était impossible de conclure : mon père s'était tu pour cette raison.

— Maman, la question du retour va se poser avec acuité pour tous. Une fois passé le Nouvel An, beaucoup de sudistes voudront visiter leur maison – ou ce qu'il en reste. L'année dernière, la vôtre n'avait plus ses tôles ; il est probable qu'elle ait perdu sa charpente cette année. Le bois de chauffe fait cruellement défaut là-bas, et les toits en offrent à profusion. Père et moi ferons bientôt un voyage de reconnaissance, c'est promis.

Elle a souri. Elle voulait m'entendre ; après tout, papa lui avait déjà dit nos intentions.

Avant d'aller nous coucher, nous avons porté un toast à Myriam, l'absente. C'était le second Noël qu'elle passait loin de la famille.

56

LE RÊVE

Certes, il y avait nous, au sud, et le reste du pays, au nord. Sans doute aussi le reste du monde. Ce dernier avait déjà compris que nous innovions dangereusement. En quelque façon, le mouvement sahraoui, au Maroc, avait pris le nom qui nous revenait de droit : l'*autodétermination*. Comme ce nom à rallonge sonnait fort ! Comme il sonnait beau ! Comme il sonnait en conscience ! Il affectait à chacune de ses syllabes la juste proportion de terre et de rêve, d'adhésion à l'être, de partition et de répartition des mérites – en somme, leur inflexion, leur durée, leur cadence.

La beauté s'exhalait d'un fond où elle s'endurait. Je la caressais : c'était comme si, au sein d'un château enfin restauré, j'allais d'une pièce à l'autre. Une odeur de matériaux neufs déployait la plénitude de la belle ouvrage. L'espoir s'élevait en moi. Or j'étais devenu un croyant, mais dégagé de toute espèce de foi, un croyant pour qui le sentiment de l'espace était une donnée familière. Je n'arrivais pas à me faire à la joie de m'appartenir. Malgré notre chaos, je m'étonnais que d'autres Etats africains aient pu méconnaître pareille expérience. Elle me donnait le moyen d'inventer pour mon seul usage une libre alliance des nations. Le tribalisme se trouvait bridé ; les cadres travaillaient à leurs modèles favoris. L'ivresse ne me quittait plus.

Dans le sable des rues bongoroises, j'entendais résonner mes pas, un phénomène qui ne me troublait guère. Le pays se construisait, ses trottoirs (de bitume, de brique ou de pierre) sonnaient sous mes pieds, ses voitures klaxonnaient, ses hommes et ses femmes, comme des bourgeois hollandais, commerçaient dans des domaines aussi vastes que variés, le tout exprimé dans un style forgé par l'estime de soi. Je savais bien que je rêvais, mais je savais que ce rêve était réalisable. J'en avais causé maintes fois avec Emile-Mercy qui, calculette à la main, m'avait convaincu de ce qu'il fallait faire. Vingt petites années suffisaient pour changer la face du nouveau pays. Bongor demeurerait le cœur administratif du Mayo-Kebbi. Moundou et Sarh accueilleraient notre embryon d'université. Le plus urgent consistait à redonner de la fierté aux fonctionnaires. D'abord aux provinciaux, ensuite, à ceux de la métropole moundoulaise : le colonel serait alors entouré d'une élite digne de ce nom.

L'ampleur de nos projets ne me surprenait pas. J'en assemblais les éléments comme le puzzle d'une ville à jamais rassérénée. Nous disposions des fonds pour construire un nouveau lycée et une école normale de professeurs sans contracter le moindre emprunt. D'ailleurs, les banques n'existaient pas chez nous : les paieries préfectorales en faisaient office. On continuerait de la sorte, en attendant d'ouvrir à Bongor une succursale de la Caisse des dépôts, ce qui nous mettrait au même niveau que Moundou et Sarh. La grande armée des savoir-faire s'afficherait. Aussitôt la guerre finie, les cadres rebâtiraient leur maison. Le parc immobilier privé faisait défaut ; celui qui était dévolu au public se limitait aux villas de la corniche : elles accueillaient les enseignants du lycée (un parc résidentiel édifié juste après l'indépendance). L'urgence serait de revoir le cadastre de Bongor afin d'aménager deux ou trois ensembles immobiliers pour tous les cadres. Emile-Mercy attendait le feu vert du préfet pour rendre officiel un cabinet d'architectes : il l'avait conçu dans le plus grand secret. C'était notre future agence du BTP – en tout cas, le noyau probable du laboratoire de nos grands travaux. Emile-Mercy y faisait plancher Ezéchiel, un bourreau de travail, qui croulait maintenant sous la masse des plans tous azimuts. Bongor avait l'avantage de jouxter d'importants centres d'affaires du Nord du Cameroun. Un voyage et, hop, on se procurait les outils de nos rêves. Mon cerveau bouillonnait, on aurait dit un bloc fluide, sucré, dopé à la perspective d'embrasser tant de nouveaux chantiers. Je ne savais pas que le sentiment d'avenir s'éprouvait comme une expérience héroïque. Il suffisait de s'en donner les moyens. Depuis qu'Ezéchiel avait rejoint notre équipe, nous étions forts d'une nouvelle espérance. J'entrevoyais enfin le moyen de me saisir du truc qui me guérirait de N'Djamena : travailler à faire advenir un pays plus beau, auquel correspondrait le paysage. Les plaines rizicoles – à tout le moins, les parcelles –, sur leurs bords, allaient être garnies de marguerites blanches, bleues, jaunes, rouges, afin que la nature pût sourire. Les fleurs pacifient les âmes ; les promeneurs recherchent leur présence, même quand ils cheminent sans but apparent. Les fleurs aèrent les forêts, le concert des roseaux, l'indolence des lianes. Des paysans qui se préoccupent de beauté saccagent moins l'écosystème. On en initierait l'apprentissage dès l'école primaire…

57

L'HÉMIPLÉGIE

Quand je fatiguais, je sentais la menace – toutes les menaces futures dans mon corps. C'était comme si mon cerveau s'interrompait d'un côté ou de l'autre. Il se scindait, annonçant par là des migraines et, plus grave, une atteinte hémiplégique due à la chute du taux de sucre dans le sang ou la déficience soudaine de quelques autres drogues. Parfois, c'était la variation des températures. J'ignorais alors que l'après-guerre allait être la cause de telles dépressions. Car le président Goukouni, non content de la récente victoire du colonel, s'était employé à le déstabiliser. Sa réaction n'avait rien d'épidermique. Les troupes sudistes avaient offert au colonel un triomphe digne de l'investir président du Tchad, ce qui ruinait la révolution nordiste et les attentes des puissances. Ces dernières voyaient chez les sudistes des réactionnaires sans foi ni loi. Notre cause n'était pas défendable. Les radios, les journaux et les télés du monde entier ne parlaient jamais de nous. Notre victoire même était tue, ou alors elle était attribuée à d'autres, notamment, la Libye, notre bienfaitrice.

Le sudiste que je suis, pour réussir à être un homme parmi d'autres hommes, devait redoubler d'efforts pour s'en convaincre. Il m'appartenait de dépasser le sentiment d'impuissance : vaincre l'animosité des nations qui nous vouaient aux gémonies. Parfois, j'enviais le destin de la terre n'djaménoise, je veux dire la splendeur de ces pigments ocre et sanguine, qui s'offraient au voyageur lorsqu'il montait vers le lac Tchad. A leur image, il m'incombait de mériter ma vie en me drapant, pour ainsi dire, de beauté. Hélas, cette posture n'avait aucunement les ressources pour parer à la déferlante de haine internationale – ou pour l'amoindrir : j'étais bien placé pour le savoir. Je me devais d'y répondre comme de personne à personne. Mon cerveau s'atrophiait proportionnellement au degré de rejet dont nous faisions l'objet. Je découvrais alors que la vie du monde était ma vie, ses pulsations les plus infimes, ainsi que l'onde des pages qui, dès qu'on tournait le bouton d'un transistor, faisait sonner au creux de mes oreilles ces noms propres que sont "Tchad… Hassane-Hissène… Goukouni Oueddeye… Frolinat…", dans toutes les langues. Ma haine devait donner un visage à la haine universelle, processus qui me faisait pressentir que je renonçais à ma qualité d'humain.

Mon cerveau pouvait fonctionner d'un côté ou de l'autre, lors même que je me trouvais engourdi, et même paralysé. Confesserais-je que le rêve manquait d'addictions, et le sang d'insuline ? Goukouni avait reformé le camp des nordistes : d'une certaine façon, il se montrait solidaire de Hassane-Hissène, maintenant qu'il était mis hors d'état de nuire. L'aide reçue par dizaines de millions de francs pour la reconstruction disparaissait, pour ainsi dire, au-dessus de ma tête. L'attitude de notre président ne me surprenait pas. Quant aux autres sudistes, ils écoutaient béatement la promulgation des accords bilatéraux avec la France, les Etats-Unis, l'Allemagne. Ils se laissaient gagner par le désir d'avoir leurs parts de gâteau. Ils s'endettaient pour faire le voyage de N'Djamena, leur dossier d'intégration ou de réintégration sous le bras. Ils percevaient trois mois de salaire. L'appel d'air devenait irrésistible.

58

L'AU REVOIR

Mes compagnons du congrès de Sarh, Joël, Randi et Laoua, lesquels étaient des professeurs d'anglais, d'histoire-géographie et de mathématiques, étaient venus me dire adieu.

— Vous n'allez pas me faire ça !

Ils ne répondaient rien, les yeux fixés sur ma poitrine, qui résonnait alors de la menace de leur absence.

— Pourquoi quittez-vous Bongor ? Que peut bien vous offrir N'Djamena ? Pourquoi ne pas aller au Cameroun, et même à Dakar ou Abidjan ?

Mes amis restaient toujours silencieux.

— Vous avez défendu notre région, souvenez-vous : vous en avez montré aux autres ; en tout cas, je vous dois d'avoir brillé à Sarh, il y a plus d'un an.

Joël s'est levé et, s'avançant près de la fenêtre, a allumé une cigarette. Ensuite, il s'est tourné vers moi et a souri.

— C'est une décision absurde, je le concède, mais nous allons pouvoir vivre enfin. Bongor est trop petit, Moundou, trop loin, je veux dire qu'il nous est hostile… Avec N'Djamena, nous savons à quoi nous en tenir.

— Vous n'êtes même pas assurés d'avoir un toit là-bas… Vos épouses ne vous suivront pas, la situation est, pour l'heure, précaire.

— Je sais, a répondu Joël. C'est absurde, que te dire d'autre ?

— C'est absurde, ai-je répété, songeur.

Puis je me suis insurgé.

— Mais qui vous brime ici ? Qui vous empêche de vivre ? Les droits de l'homme, c'est pour les démocraties où l'argent et les choses font refluer sur les êtres un surcroît de valeur. L'argent et les choses, voilà le couple miraculeux. Qui nous en gratifiera ? Qui ? Le colonel ne connaît rien au patrimoine, comme nous tous, d'ailleurs. Un Etat digne de ce nom nous fait défaut, à nous comme à tous les Africains. Il n'y a pas plus d'Etat à N'Djamena qu'il n'y en a au sud. Vous cédez à la nostalgie, vous jouez votre vie. L'Etat à même de nous protéger demande une trop longue et une trop harassante besogne.

Mes amis étaient tétanisés.

— Excusez-moi, je me suis laissé emporter…

C'est alors que Joël a ri, puis Randi, puis Laoua, puis moi.

Une fois l'euphorie retombée, je me suis mis à fouiller dans mes tiroirs afin de leur procurer quelques sous pour le voyage. L'épithète "absurde" me renseignait sur leur état d'esprit. Mes collègues n'étaient ni des suicidaires ni des nihilistes. Ils n'en pouvaient plus d'espérer une normalité hypothétique ; à tout prendre, ils s'étaient résolus à faire le grand saut. N'Djamena, notre unique patrie, s'était parée du charme du fruit défendu. Maintenant que le président Oueddeye en appelait à sa reconstruction, l'espoir renaissait. Certes, on le savait mensonger, mais au moins faisait-il déplacer le curseur du rêve. Mes associés étaient les nouveaux fantassins de la chimère.

— Bon, la messe est dite, ai-je fini par reconnaître. Moi aussi je me rends à N'Djamena dans quelque temps. Nous nous verrons, j'espère.

Je les voyais glisser sur la lumière de cette fin de matinée comme s'ils aplanissaient la terre d'une conquête promise à toutes sortes de catastrophes, au nombre desquelles l'aliénation volontaire. Ils ont pris congé de moi sans paroles. Ils s'en allaient embrasser l'espace d'une aventure dont ils ne savaient rien, mais à laquelle ils promettaient d'être fidèles. Ce n'était pas l'exil qu'ils recherchaient, auquel cas, ils seraient partis vivre à l'étranger. C'est le pays qui les passionnait, un pays qui les avait trouvés là et qu'ils avaient aimé sans savoir ni pourquoi ni comment. Un mois plus tard, à N'Djamena, je comprendrais enfin la portée de leur geste.

59

L'ONCLE DJIBRIL

C'est dans la plaine que nous sommes devenus plantigrades. Quelle que fût la texture du sol, les pieds y ont su trouver l'assise qui, au fil des siècles, les ont remodelés. Je m'en suis fait la remarque lorsque mon oncle Djibril est venu vers nous, plus chaleureux que de coutume, les yeux brillants de larmes. Ses pieds survolaient la poussière en même temps qu'ils l'épousaient en une manière de probité quasi divine.

Du ciel, le vide descendait sur nous, cette forme de vide que père et moi avions éprouvé à la sortie de Guélendeng, et qui n'avait fait que croître, pour culminer aux portes de N'Djamena, dans le village de Walia. La plaine réunissait à dessein les éléments dont se nourrissait le phénomène : l'absence des êtres, le silence des animaux. C'était vacance sur la terre. Somme toute la vie était derrière moi, à Bongor, Moundou ou Paris – peu importait –, ailleurs, sûrement, loin de l'action qui me portait vers la capitale. On aurait dit que la libération l'avait vidée de ses habitants. Nul ne surgissait des maisons, des champs, des refuges. A la sensation d'absence allait succéder celle de la disette. Les gens avaient fui N'Djamena et ses environs pour se ravitailler. Cela, je ne l'avais pas envisagé un seul instant.

Vivre à la capitale fut une forme de sacrifice : le corps de mon oncle en témoignait.

Il survolait le sol comme un ascète, mais sans le faire exprès. Il délaissait ses chaussures et courait pieds nus, insensible à la pesanteur. C'était un *"artiste de la faim"*, comme l'aurait dit Kafka. Il avait vaincu le temps, l'espace et la gravitation. Tout en larmes, il embrassa papa. "Daniel, mon grand Daniel !" répétait-il comme un enfant.

Mon père l'a entouré de ses bras. L'oncle y semblait grandiose et menu, fragile et solide, flexible et rigide. C'était le plantigrade par excellence. Blotti contre son frère, il s'étirait et s'aplatissait – à la verticale, bien sûr –, comme le premier homme ou, plutôt, le premier-né de la plaine. Le prophète Ezéchiel soutenait que de tels revenants pouvaient être comparés aux anges. Le corps de mon oncle n'avait pas encore atteint à la beauté céleste, même si l'énergie qui l'animait me le faisait espérer.

Mon oncle se présentait comme un jeune et comme un vieux, un rescapé de la faim et un gourmet des tables les plus fines. Il y avait beaucoup de vie dans ses yeux, malgré son teint grisâtre, beaucoup de force dans ses membres filiformes, beaucoup de grâce. De fait, il n'avait pas souffert des privations, si ce n'est de solitude, et seulement pendant le siège. L'oncle Djibril avait ramené au château tout ce qui pouvait être comestible. C'est l'angoisse qui l'avait émacié. Il avait envoyé ses enfants au Cameroun ; Paulette, sa femme, il l'avait gardée auprès de lui.

D'un pas alerte, il nous a fait visiter la plaine de Walia et ses maisons. Ces fleurs de poussière maçonnées sur un plateau d'argile formaient un carré rude d'aspect. Ses occupants y trouvaient la fraîcheur que déniait un soleil de plomb, transparent, et même indifférent aux sentiments et à la beauté. A l'ouest du domaine de mon oncle, et jusqu'à la forêt d'eucalyptus qui le bordait au sud, s'étendait la plaine tantôt brune tantôt grise, qui donnait au spectateur la sensation de fin du monde, comme dans les westerns. L'émotion me saisissait à la pensée que des gens, sains de corps et d'esprit, aient consenti à y habiter. Il fallait être fou pour le faire, et les conquérants l'étaient.

Nous nous étions suffisamment enfoncés dans la plaine lorsque mon oncle s'est écrié, en pointant un endroit :

— C'est ici qu'il est tombé, notre cousin Enoch.

Un frisson d'effroi m'a traversé. On voyait encore des traces de sang sur le sol camaïeu, des gouttes éparses, une écriture à la sanguine. La plaine symbolisait le territoire des pèlerinages, où gouvernaient la soif et la faim. Or le fleuve était à moins d'un kilomètre, qui devenait majestueux en hivernage, et l'inondait quelquefois. Les résidents de Walia l'avaient rendue infertile, en la débarrassant de son herbe, de ses marais, de ses arbres. Maintenant le désert fleurissait, qui répondait au silence du Chari, celui du quartier Chagoua, sur l'autre rive et, partant, tout N'Djamena. Lorsque le regard obliquait vers l'ouest, le building des ministères s'élevait dans l'azur. Il donnait du sens au terrain où avait été atteint le sous-officier Enoch. La lointaine silhouette du bâtiment lui tenait lieu de beffroi. Si quelque jour prochain j'y montais pour une raison ou pour une autre, je dédierais une prière à l'infortuné soldat. Il était le seul à avoir été touché ici ; ses amis sont morts à N'Djamena. L'obus des FAN avait été comme calibré pour lui. De l'avis de ses frères d'armes, cet accident fut des plus mystérieux. Les assaillants, avaient-ils conclu, voulaient éliminer le régisseur des ondes.

Quant à moi, je songeais à mes collègues, ces fraîches recrues de la capitale. Eux aussi habitaient des maisons de terre, dénuées de tout confort, étant réduits à s'y réunir comme les adeptes d'une nouvelle religion. Oncle Djibril m'offrait sans le savoir la clé de lecture de N'Djamena. Lui-même pouvait être compté au nombre de ces juifs qui, sur les rives de Babylone, il y a de cela deux mille trois cents ans, cultivaient, sans façon, leur tristesse. Nous étions entrés dans l'ère de l'exil généralisé ; la récitation du psaume seyait à notre humeur :

Nous nous assîmes sur les rives de Babylone
Et nous pleurâmes délicieusement.

Ces deux vers ont ranimé la nostalgie qui me faisait écouter en boucle, depuis deux mois déjà, *House of Exile* de Jimmy Cliff. Ses premières mesures d'orgue restituaient assez bien l'émiettement de la terre que je foulais ce matin. L'air soufflait sur le Chari – car Babylone, malgré les images qui s'attachaient à son évocation, était bien loin de mes yeux, qui, d'ailleurs, ne voulaient ni contempler Jérusalem ni la Mekka –, drainant ces corpuscules où se dissimulaient des fragments de notre âme. *La Maison de l'exil*, c'était cela qu'avait trop tôt inauguré Enoch, et que l'oncle Djibril avait tenu à nous faire visiter sans délai. Son acte m'incitait à passer le fleuve pour voir le désastre. Je connaissais trop bien Walia pour m'y attarder davantage : c'est entre ses murs que j'avais rencontré Alice. Je ne tenais pas à y passer la nuit ; d'ici quatre heures, début du couvre-feu, il serait trop tard pour se rendre en ville. Et puis, la pauvre R4 pouvait m'être arrachée par des soldats nordistes plus ou moins éméchés. Le gouvernement venait de décréter la cour martiale pour les voleurs, un dispositif qui ne les avait que peu freinés. De fait, j'étais bien un exilé de la nouvelle Babylone.

60

REVIVRE A N'DJAMENA ?

En quittant la périphérie pour le centre, j'allongeais, pour ainsi dire, l'impalpable détresse que j'avais embrassée à mon arrivée. Par chance, les soldats du colonel gardaient l'entrée du pont. Ils m'ont procuré un coupe-file. En cette période harmattanesque, le calme vous saisissait à l'orée des quartiers sudistes. Chagoua rappelait Walia, n'eût été son étendue. Les maisons qui bordaient les routes avaient conservé leurs toits, contrairement à celles qui se situaient côté cour. Au premier coup d'œil, je ne remarquais aucun changement, hormis le souffle du vent : il me donnait d'effroyables frissons. J'apercevais des chiens ; rarement, des chats : ils avaient été mangés au cours du siège. Je notais une ou deux silhouettes fugitives.

Je conduisais presque au pas, effrayé par le mutisme de mon père. Ayant pris le pouls de l'anonymat ambiant, j'ai rebroussé chemin. Sur l'avenue Mobutu, quelques soldats déambulaient, quelques âmes évanescentes. Je doutais maintenant de mon désir de réemménager dans une ville où l'on ne rencontrait personne, excepté l'air, ce grand témoin. Le moteur de la R4 ou, plutôt, le silence de la ville était si fort qu'il couvrait tout le quartier. Nous avions descendu l'avenue jusqu'au boulevard des Saos. A notre gauche, le collège du Sacré-Cœur figurait un bâtiment fantôme ; ses grilles étaient pleines de poussière, ses arbres aussi. A notre droite, des maisons dépenaillées.

L'école primaire accumulait des ordures : fétus de paille, sacs en plastique, toiles d'araignée. On était arrivés dans le carré où résidaient les élites sudistes, mais il n'y avait pas âme qui vive. Passée l'école, on pouvait voir la villa de mes parents à cinq cents mètres, sur notre droite. J'avais tenu à longer le boulevard pour que mon père se familiarisât avec le désastre. Vue de l'extérieur, sa maison paraissait n'avoir connu aucune casse, du moins, depuis ma dernière visite, il y avait plus d'un an, où elle avait déjà perdu ses tôles. Des soldats avaient élu domicile dans les villas qui l'encadraient : ceci expliquait sans doute cela. Le paysage changeait du tout au tout lorsqu'on prenait pied dans la cour. Pour mon père, ce fut un choc sans appel.

Il a d'abord bondi d'une pièce à l'autre, le souffle précipité, le cœur au bord de l'éclatement. Il a répété le même trajet, revenant sur ses pas comme une mère qui rechercherait dans un tas le jouet fétiche de sa fille. Des éléments bigarrés nageaient dans la poussière. Après une bonne demi-heure d'agitation, mon père s'est calmé : il m'a rejoint dans le patio.

— Au fond, je n'y croyais pas ; je pensais retrouver ma maison telle que nous l'avions laissée. Je l'imaginais comme le ferait ta mère : intacte, prête à servir. Maintenant, que lui dirai-je ?

Je suis resté silencieux ; à dire vrai, j'avais un besoin urgent de distraction. Alors, j'ai pensé à mes collègues. Oncle Djibril nous avait dit qu'ils se trouvaient à Sabangali, dans la maison du père de Mathys, qui avait miraculeusement échappé au pillage grâce à la vigilance des voisins. C'est là que la plupart des fonctionnaires kimois avaient élu domicile. Il me tardait de leur rendre visite.

— Allons au centre-ville, dis-je. Peut-être serons-nous divertis par un semblant de normalité.

Mon père a pris place à bord de la R4, le visage ravagé, son corps comme atteint d'un mal nouveau. Il était assommé. Bien que désireux de le ramener à Walia, j'ai pensé qu'une promenade en ville lui changerait les idées. J'étais son guide. Je songeais déjà à l'urgence des travaux, mais comment les entreprendre ? Quels moyens mettre en œuvre ? Avec quels artisans ? Il fallait croiser le fer avec la Société tchadienne d'eau et d'électricité pour faire rétablir les abonnements. Des connexions frauduleuses ruinaient l'effort en faveur de la lumière. Quant à l'eau, un trafic de fonte en avait pillé les conduites. Mieux valait revenir à un puits oublié, ou s'en faire creuser un, à défaut. L'heure de la reconstruction n'avait pas encore sonné. Rien n'était plus dangereux que la coexistence avec les dignitaires surarmés du nouveau pouvoir. On faisait courir le bruit selon lequel nombre d'entre eux voulaient investir le quartier Moursal afin de marquer d'une pierre blanche leur triomphe sur l'élite sudiste. Si ce projet se confirmait, la face de notre habitat changerait radicalement. Papa et ses voisins seraient contraints de vendre, à la grande joie de nos occupants.

61

UNE PARTIE DE CARTES SOUS LES ARBRES

Vers trois heures, Laoua, Tchang et Joël déjeunaient sous les nims, à la croisée des rues, assis sur des nattes, parlant peu et, surtout, évitant de se regarder dans les yeux. On m'avait dit que je les trouverais là. Ils m'avaient accueilli avec enthousiasme, puis ils étaient retombés dans le silence. Leur tristesse m'avait impressionné.

Ils vivaient en communauté. Une femme, à deux cents mètres de là, leur préparait les repas, qu'ils prenaient collectivement les après-midi. Le soir, ils se contentaient de morceaux de pain et de quelques tasses de thé. Hormis les nattes, il y avait des coussins et des oreillers. C'était l'essentiel de leur mobilier. Même leur garde-robe était réduite aux clous plantés dans les murs où ils suspendaient leurs habits, qui ne dépassaient guère deux tenues de rechange. Ils s'occupaient eux-mêmes de leur lessive. Ils avaient renoué avec une vie des plus spartiates, tirant de leur regroupement de garçons la liberté de vivre loin de la famille. Après le repas, ils s'adonnaient à des parties de cartes qui duraient jusqu'à l'heure du couvre-feu. Ils roulaient leur natte, se douchaient et allumaient des lampes – le plus tard possible –, lesquelles illuminaient leur conclave.

La Maison de l'exil. Autant Jimmy Cliff m'exaltait par sa musique, autant mes amis m'abrutissaient par leur humeur. Ils me devenaient hostiles à mesure que le temps s'écoulait, car, à mon insu, je me transformais en voyeur. J'étais persuadé qu'en me pénétrant de leur chagrin je finirais par comprendre de quoi il retournait : j'avais quelques vagues idées sur les raisons qui les poussaient à se comporter de la sorte. Je m'étais promis de me retirer à temps. Peine perdue : le mutisme s'était installé, chargé de menace et de larmes.

C'est le lendemain que j'ai compris, après une nuit de profond sommeil. Mes amis, comme tous les rescapés n'djaménois, avaient honte de leur sort. Si je m'étais étonné de ne pouvoir rencontrer personne – ni dans les rues, ni dans les ministères (à l'Education nationale, par exemple, où je m'étais rendu en coup de vent, désorienté par le nombre de têtes inconnues, hagardes et terrifiées qui en occupaient les locaux) –, c'était précisément à cause de la honte qui pesait sur leur corps et sur leur conscience. Les N'djaménois s'en voulaient de s'être pliés à des privations monstrueuses, alors qu'ils auraient pu quitter leur ville s'ils avaient eu quelque foi en leur capacité à se faire valoir en province ou à l'étranger. Mes collègues avaient renoncé à toute ambition, tant la pesanteur se lestait des questions pour le moins sacrilèges. Partir équivalait à mourir. La dette dont on était redevable envers sa patrie devenait un cercueil où reposer enfin.

Le statut de naufragés volontaires des N'djaménois les avait rendu farouches. Ils rechignaient à faire connaissance avec les nouveaux venus. Sans doute n'avaient-ils pas bénéficié des conditions qui étaient celles de mon oncle, lequel n'arrêtait pas de se raconter – heureux, euphorique, transformé... La guerre l'avait initié à de nouvelles expériences, lui, le vieux briscard dont je soupçonnais qu'il était resté près de la capitale afin de se faire valoir auprès des nouvelles autorités.

Etre le prochain maire de N'Djamena, telle était son ambition.

Mes amis, eux, recommençaient leur vie dans des circonstances indignes. Ils ne se pardonnaient pas leur conduite. Au lieu de s'en repentir, ils payaient de leur personne. C'était trop d'honneur fait à Goukouni Oueddeye. Si, hier, je m'étais fait ces réflexions, je ne me serais pas privé de le leur faire savoir, et on se serait déchirés sans profit. Comme pour tourner cette page malheureuse, m'est alors venue l'envie de revoir le colonel. Je voulais l'entretenir du remords sudiste.

62

L'HÉLICOPTÈRE

Le colonel ne m'a pas laissé le temps de lui soumettre l'objet de ma demande d'audience. Mes pieds ont eu à peine le temps d'effleurer le gravier de la villa Mobutu, qu'il m'entraînait dans sa voiture. Il m'avait guetté derrière les vitres teintées de cette bâtisse à la façade ocre et aux rayures de marbre vert. Ainsi sommes-nous partis pour la base aérienne. Au passage, j'eus le temps de remarquer que le grand homme avait élu domicile entre deux aéroports : l'un civil, l'autre militaire.

Je ne savais pas que le survol de N'Djamena faisait partie de ses rituels, ni que la faveur qui m'était faite de m'inscrire dans sa suite allait m'instruire sur la cause sudiste, sur son élite et sur le colonel lui-même. Je ne l'ai appris que bien plus tard, par simple déduction. Depuis deux ans que je fréquentais le colonel, j'avais fini par saisir qu'il ne se prêtait pas aux aveux.

Son invitation m'avait bouleversé. Elle me permettait, contre toute attente, de rencontrer un jeune pilote – Dalam, c'était son prénom, un ami, un de plus. Il avait embrassé le métier des armes pour réconcilier le plaisir de vivre avec l'impératif d'accéder à une identité sociale. La vie et rien que la vie, voilà ce que proclamait cette quête qui avait saisi certains d'entre nous à l'orée de leurs quinze ans. Par exemple, un père pauvre et illettré, une mère rompue au commerce des poissons s'efforçaient de faire vivre une famille nombreuse. Ils y réussissaient mal, mais leur détermination allait marquer à jamais leurs fils. Telle fut la raison de leur engagement. Ils répondaient à l'appel de leurs parents avant que de répondre à celui des armes.

Nous étions quatre à bord : le colonel, Lombaye (son aide de camp), Dalam et moi. Les personnes qui comptaient, c'étaient le colonel et le pilote. Notre virée au-dessus de N'Djamena avait été organisée pour notre chef, lequel s'envoyait en l'air avec l'insouciance de ceux qui bâtissaient l'Histoire sans demander leur reste. Car Hassane-Hissène avait provoqué la guerre comme pour rendre nos institutions à leur précarité. Une fois la capitale chamboulée, plus rien ne subsistait sur quoi fonder un acte. Je réfléchissais à cela lorsque l'hélicoptère s'est arraché du bitume, comme délesté de son poids de métal, d'huile, de kérosène, de bruit. A mesure qu'on s'élevait, le cadastre n'djaménois devenait artificiel. Nous étions assez haut pour mesurer l'envergure des arbres, des maisons, des routes, des châteaux d'eau, et assez proches pour jouir de leur beauté, qui était à l'image du pays : une terre nue et crue, écrin de la poussière, et celui des acacias, des gommiers, des nims, des caïlcedrats, des terminalias, des kapokiers et, de temps en temps, un majestueux iroko… L'hélicoptère me donnait à présider à la naissance du monde ou, plutôt, il me permettait de l'inspecter de ma bulle dérivante comme un dieu bienveillant.

Voilà le rond-point de l'Etoile. Pourtant, c'est de Diguel que nous sommes revenus vers le centre-ville, ayant survolé entre-temps la rue 40, son marché grouillant d'hommes et de femmes en boubous, ainsi que de voiles de toutes sortes. Ses combattants aussi sollicitaient mon attention : je les sentais menaçants en dépit de la distance. J'entendais la rumeur de la foule, j'entendais la vie. Dans cette portion de la ville, l'agitation ne cessait pas. Les maisons étaient intactes, les hommes aussi. Voitures et camions se livraient à une foire d'empoigne. En vain, je voulais capter une fêlure, mais nous abordions déjà le quartier Grédia, son champ d'antennes émettrices tels des géants murés dans leur solitude. Les autos – rares et, pour cette raison, fascinantes – suivaient la longue ligne grise du bitume qui menait aux quartiers sudistes. On devinait le vent et la poussière, puis des trous, beaucoup de trous : le squelette des maisons pillées. Du haut de ces béances, je fermais les yeux comme pour m'en laisser happer. La douleur me saisissait au ventre. Aucune maison n'avait été détruite par les bombes, mais nombre d'entre elles avaient perdu leur toit, pareilles à des têtes dont on aurait réduit les sommets.

On voyait à ciel ouvert dans le désastre sudiste. Un autre ciel s'ouvrait en dessous, comme une trépanation. Je comprenais enfin pourquoi les planches anatomiques m'insupportaient tant : elles dérobaient à l'objet d'observation son intégrité.

L'autre, à travers son anatomie, vous était livré en vrac. Vous éprouviez alors le sentiment qu'on lui avait fait violence sans lui demander son avis. La balade en hélico restituait assez bien de telles sensations. Il allait trop vite pour que les êtres et les choses fussent figés dans leur élan. Il n'y avait pas d'arrêt sur image, sinon dans mon esprit. L'hélico additionnait des séries de fondus enchaînés avec maestria. Plus inattendu, elle transformait les maisons en personnages. Elle me dévoilait une chambre à coucher, un salon, une salle d'eau, une buanderie, un débarras. En quelque sorte, je contemplais les morts qui avaient été épargnées au civil que je suis. La vision des maisons sans toiture me donnait l'impression de passer en revue des êtres scalpés.

63

LA TRISTESSE DU COLONEL

La maison du colonel avait fait l'objet de saccage, comme je l'apprendrais bien plus tard. Lui aussi connaissait l'effroi d'être pillé. C'est la raison pour laquelle il n'avait pas ouvert la bouche de tout le voyage. Il était également resté silencieux pour une autre raison. A la tour de contrôle, ainsi que dans les différents états-majors des factions combattantes, nos conversations ne devaient pas être interceptées. Du camp adverse, une batterie de DCA avait vite fait de tirer.

Le colonel s'était tu parce qu'il se trouvait bien las de notre vie. Je m'en suis rendu compte quand sa garde rapprochée nous a cueillis au débarquement. En sortant de la base, nous avions essuyé le contrôle des Casques bleus africains, trois mille hommes venus du Nigeria, du Gabon et du Sénégal.

Les soldats nigérians n'étaient en rien agressifs ; ce n'était pas leur genre. Ils nous donnaient du *"Sanou !"*, qui, en haoussa, veut dire "bonjour". Cette langue que maîtrisait parfaitement mon père, et dont j'aimais la musique, c'était étrange de l'entendre sonner dans nos rues, sur la route de Farcha ou dans d'autres rues du centre-ville, au rond-point de la Fontaine ou encore au rond-point de la Banque centrale.

Les forces coalisées avaient vaincu les Forces armées du Nord, et voilà que le Nigeria (et l'Organisation de l'unité africaine) nous imposaient des unités de maintien de la paix. La France et les Etats africains avaient peur de notre parrain, le colonel Muammar al-Kadhafi. Les soldats nigérians étaient parachutés chez nous pour préparer de nouveaux désordres – ou pour laisser faire, ce qui revenait au même. Ils mettaient en place une diplomatie des armes, le négoce des hydrocarbures, la géopolitique de la faim.

A la villa Mobutu, le colonel m'a demandé d'une voix où s'entendait encore un reste de mélancolie :

— Que penses-tu de ce barda, jeune homme ?

J'étais heureux de le réentendre.

— Oui, jeune homme, que penses-tu de nos anges gardiens ?

— Ce sont des envahisseurs !

Il a souri.

— C'est bien ce que je pense, a-t-il répliqué.

C'est alors qu'il s'est tu, à ma grande déception. Je voyais bien qu'il était seul, effroyablement seul, au milieu des factions militaires supposées musulmanes, mais avec lesquelles il ne partageait à peu près rien, pas même la foi. Il était sudiste, ce qui équivalait à sa mise au ban. La guerre tchadienne était devenue religieuse, car un schisme métaphysique avait eu lieu entre-temps. On ne se préoccupait plus du salut des âmes, on militait pour l'acquisition des biens, dont le fer de lance était le rapt pur et simple du pouvoir. Les adversaires du colonel ne dédaignaient ni alcool ni bonne chère, un détail d'autant plus bienvenu qu'il se révélait impuissant à les réconcilier.

Le colonel boudait la grande mosquée. La discrimination religieuse est encore plus horrible que la discrimination raciale, même si le Coran soutient que la première est censée abolir la seconde. Sur le plan politique, l'OUA et les puissances traitaient seulement avec le quarteron des chefs nordistes : l'ostracisme de notre chef était total.

Tout à l'heure, à la base aérienne, des officiers français étaient venus le saluer. Ils honoraient un des leurs, ils veillaient à sa sécurité. Ils étaient toujours prêts à lui rendre service, hormis la cause sudiste : elle ne faisait pas partie de leur cahier des charges. Dès qu'on abordait ce chapitre, les soldats français se dérobaient. Paris promettait au colonel monts et merveilles à la condition qu'il trahît les siens. Piégé par sa formation française, il savait que, le moment venu, les militaires sudistes (eux aussi de formation française) seraient vite retournés contre lui. On lui laissait la vie sauve pour l'instant, mais la page du parjure était déjà écrite.

L'alliance avec le colonel Kadhafi, si elle avait permis la victoire, n'offrait pas la paix. Le grand Libyen voulait étendre sa révolution au sud : personne n'en voulait. Le colonel s'était retrouvé au milieu du gué. Ses officiers, ses pilotes, son service secret dépendaient du détachement militaire français. Il était l'hôte de ses hôtes. Il ne pouvait créer son propre service de renseignements. Le colonel n'était pas homme à fliquer ses semblables. Il ne tenait pas à devenir un dictateur. Il lui répugnait de se projeter dans un destin autre que français, car c'eût été pour lui renoncer au bonheur. Quelquefois, il avait l'impression de s'être menti à lui-même, mais cette sensation s'effondrait dès qu'il y réfléchissait sérieusement. Il n'avait rien fait pour être ce qu'il était, l'initiative en revenait à l'Histoire. Si quelque chose le révoltait en la matière, c'était l'exigence de mourir pour renaître anglais, lui qui se considérait comme un nouveau-né. Or l'Histoire voulait faire de lui un avorton. Il lui était impossible de mourir à lui-même, il était trop jeune pour cela. A supposer que la mort veuille bien de lui, il ne ressusciterait pas. Ou alors ce serait comme un ange, lui qui tenait tant à cette vie-là qui avait saveur tchadienne. Il voulait bien consentir à trépasser, à la condition d'avoir le temps d'accumuler la plus vaste connaissance du monde. Il méprisait le non-savoir des anges.

Pendant quelques secondes, j'ai vu ses lèvres murmurer la sourate II, 32 :

> *Ils [les anges] dirent :*
> *"Gloire à toi,*
> *Nous ne savons rien*
> *en dehors de ce que tu nous as enseigné ;*
> *tu es, en vérité, celui qui sait tout, le Sage."*

Le colonel explorait le monde en français. De son point de vue, il nous importait d'en poursuivre l'étude, sinon nous guettait la catastrophe de changer de tradition tous les cinquante ans, un défi atroce. En nous excluant de la marche du destin, nos anciens maîtres ruinaient nos chances d'être quelque chose à nos propres yeux.

J'avais hâte de quitter le colonel, j'avais peur. Avant de m'éclipser, je lui ai récité la sourate IV, 13 :

Telles sont les lois de Dieu :
celui qui obéit à Dieu et à son Prophète
sera introduit dans des jardins
où coulent les ruisseaux ;
ils y demeureront immortels :
voilà le bonheur sans limites !

Son visage s'est progressivement éclairé, puis, après une pause, il a murmuré le dernier vers de la citation : "Voilà le bonheur sans limites !" Il retrouvait son visage de lionceau ; c'est alors qu'il m'a confié, dans un grand sourire :

— Si seulement ça pouvait être vrai !

— Ça l'est, puisque le poète le dit. La littérature est la vérité dernière.

Cette fois, le colonel y est allé d'un rire franc et sonore.

— Tu pousses un peu loin le bouchon, jeune homme, mais j'aime ton audace.

J'étais aux anges !

Dans la foulée, je lui ai tendu la main.

— Salue ton vieil oncle. Quel sacré bonhomme ! Dire qu'il est resté avec ces sauvages sans craindre pour sa vie.

J'ai dégagé doucement ma main ; deux soldats attendaient l'ordre de me conduire à Walia.

V

LA DÉBÂCLE

3 septembre 1982

64

LA VISITE OFFICIELLE DU PRÉSIDENT GOUKOUNI

Les Africains sont dits sages. Tout le monde sait pourtant que dans l'échelle du mépris ils se classent bons derniers. Ils gobent sans ciller les flatteries. Il arrive même qu'ils y répondent par des proverbes. Par exemple : *"La chair de l'animal sage est très dure à cuire."* Mes frères, un peu de retenue. Laissons l'animal à sa peine, il n'a rien demandé. Au lieu de cela, il se trouve toujours quelqu'un pour me donner la docte réplique : *"Le jeune homme mange la chair, l'homme mûr mange le cœur."* N'est-ce pas trop facile, ne trouvez-vous pas ? Mais l'objection m'est assenée d'un trait : *"Un vieux est un remède."* Purée !

J'ai toujours ignoré ce style d'échange, mon père en avait horreur. Les maximes sont un recueil de mensonges : c'est par cette phrase que j'aimerais introduire à la visite du président Goukouni. Le nordiste feignait d'ignorer le baptême du Sud en "république du Logone", et nous aussi faisions comme s'il ne le savait pas. En matière d'hypocrisie, nous étions à égalité. Après Sarh et

Moundou, le président a débarqué à Bongor, accompagné du colonel. A les voir côte à côte, on aurait dit le mariage de la carpe et du lapin.

Cette formule ment. On ne saurait marier une carpe et un lapin. Leur union n'est pas seulement rendue improbable par la différence qui les marque à la culotte, elle l'est aussi pour le tout-venant. Or le mariage est mixte par essence, et le petit vertébré partage avec la carpe cette qualité : la vie souterraine, une vie d'apnéistes. Ce sont des foreurs de grands fonds. Ils sondent les abysses comme s'ils traquaient des bulles d'oxygène. On devrait y penser à deux fois avant de marteler le dicton. Pour Goukouni et le colonel, c'est la même chose.

Ils ont l'un pour l'autre des délicatesses d'amants. Le colonel, ce lionceau, redouble d'attention pour le visage de Goukouni, lequel ressemble à un hérisson dont les piquants auraient été remplacés par des cheveux en pétard. A dire vrai, c'est un Jackson Five. La maigreur du président est soit repoussante, soit attendrissante ; l'énergie qui en émane est des plus humaines. Goukouni a l'âme féminine. Sa voix le souligne, qui chantonne quelque peu, butant sur les *ch* et les *s*, comme si l'air, dans son gosier, manquait d'humidité.

Ils sont juchés sur l'estrade dressée sur la place de la sous-préfecture, qui sert aussi de gare routière. Bel endroit pour de futures noces, n'est-ce pas ? En fait, il n'en est rien. S'écrit en cet instant même la genèse d'une haine qui va les défaire l'un et l'autre.

Le colonel est en civil, son hôte, lui, a habillé sa frêle personne d'une djellaba bleu ciel, qui lui donne une contenance en trompe-l'œil. Goukouni, avant que de devenir président, n'avait jamais mis les pieds au sud. Ce prince de Faya-Largeau dont le père s'était exilé en Libye – où il mourra – pour échapper aux persécutions du président Franz Tom, a le cœur racé. A N'Djamena, ses bureaux restent ouverts à tous. Le Trésor public est installé dans ses appartements. Il y puise pour dépanner ceux parmi les plus démunis de ses concitoyens. Sa tâche est touchante, mais elle reste archaïque. Goukouni dirige un Etat bédouin ; sa gouvernance offense la modernité. La halte sous la tente est dénuée d'efficace : au sud, nous la récusons. Et Goukouni nous le rend bien qui, en accédant au pouvoir, s'est promis de le garder.

D'ailleurs, la visite de Sarh et Moundou a achevé de l'en convaincre. Tant d'usines, tant d'écoles, de cadres et d'infrastructures confinent au scandale. Il s'est juré de faire la même chose au nord.

"Même en étant dépourvus de techniciens ? lui avait demandé un journaliste moundoulais. Même avec le sous-peuplement ? Même avec le désert ? Même sans eau ? Même en dépit des montagnes, des cailloux, des scorpions ? Vous, monsieur le président, avez fui votre région pour vous réfugier à N'Djamena, le seul pays qui puisse vous prêter quelque asile devant Allah…"

Avec un grand sourire, celui-ci a répondu :

"Monsieur le journaliste, nous développerons le Nord en dépit du bon sens ! Voyons ! Qui aurait cru que je présiderais au destin du Tchad ? Eh bien, c'est arrivé ! Je compte sur un semblable miracle !"

Goukouni fut longuement applaudi.

Cet après-midi, sur la place, le président remue ses lèvres de petit rongeur pour nous amadouer.

Je les regarde, et c'est à Hassane-Hissène que je songe. Lui a un visage de léopard. C'est lui qui devrait être aux côtés du colonel. Ça aurait fait une belle photo, le lionceau et le léopard réunis sur la même plaque argentique. Au fond, le colonel et l'irascible Hassane-Hissène partageaient des traits communs. Ces deux grands fauves auraient pu bâfrer ensemble, se poursuivre d'invectives de bar en bar et de bordel en bordel. Mais Hassane-Hissène était prisonnier de sa mélancolie. Elle le rendait chagrin.

Sur le colonel et Goukouni, je surimprimais son image, au détriment du président, qui descendait alors du haut de l'affiche pour s'isoler en bas, à droite, comme leur mascotte. Goukouni-Hérisson, tel était le fin mot d'une fable où les bons le cèdent toujours aux méchants.

En quittant la tribune, il nous a gratifiés d'un bruyant au revoir :

"Maintenant, je connais le Tchad. Nous sommes un grand pays, nous avons le devoir de le développer. Aimons-nous, rien ne doit plus nous séparer..."

Une ovation a accueilli ses paroles, tandis que le vent soufflait dans ses cheveux, menaçant de l'emporter. Avec la publicité des deux chefs se donnait à lire la chronique d'un divorce annoncé. On avait conseillé à Goukouni d'aller visiter le Sud, il avait obéi à ses cicérones. Le colonel lui avait emboîté le pas en se disant : "Advienne que pourra. D'un mal peut sortir un bien." Ils ont passé en revue un pays dénommé "république du Logone". Goukouni en était revenu humilié.

Le prince du désert avait peu voyagé. Hormis la Libye et l'Algérie, il connaissait bien peu d'Etats modernes. Il n'avait pas foulé le sol français, et ne connaissait de son propre pays que la poussière et le soleil du Nord. Maintenant, ses yeux contemplaient les jardins, l'humidité et l'herbe. Il n'en revenait pas. Il avait l'impression d'avoir été trahi, non pas par le faible contenu de ses connaissances générales, mais par sa condition d'homme instruit loin des universités. Il apprenait, comme trop tard, le sentiment du monde et les couleurs de la diversité. Il touchait enfin aux motifs d'orgueil de son vice-président.

Pour la première fois, le ressentiment de Goukouni prenait de la consistance, à l'image de l'air moite de fin juin. Il pressentait l'étouffement, et même la mort. Il s'ouvrait aux résonances aqueuses, qui vous dilatent en même temps qu'elles vous gavent. Goukouni ne voulait plus être le hérisson fossile, la signature mascotte, l'idéogramme que le peintre chinois appose au bas du tableau. Il aspirait au destin de grand animal politique. Il ne passerait plus rien au colonel, pas même la fantaisie de le voir se montrer à ses côtés. La guerre reprenait ses droits.

65

LES SOCIALISTES OU LE DÉBUT DE LA FIN

Sept mois plus tard, les socialistes français prenaient le pouvoir. Bongor avait rugi de joie ce soir-là. J'avais couru vers Emile-Mercy, accompagné de Maureen et Cynthia comme si c'était le second avènement du Christ. Sonnait l'heure de la sainte Famille. Emile-Mercy, sa femme et leurs deux garçons brillaient comme des soleils. La politique française ne nous avait que trop exaspérés, il était temps que cela prît fin. Un changement de régime nous autorisait à rêver de nouveau. Dans la moitié nord du pays, les attentes étaient certainement tout autres. Dieu, ce soir – le nouveau dieu –, arbitrait en notre faveur…

— Dis-moi, la montagne, à Jérusalem, s'est-elle fendillée ?

— Tu plaisantes ? m'avait rétorqué Emile-Mercy. C'est la victoire la plus laïque que nous ayons eue depuis 1789 ! Laisse Jérusalem tranquille !

— D'accord… Maintenant, sers-nous le meilleur vin de ta réserve. Je te fais grâce s'il est bouchonné ou s'il a tourné au vinaigre. Les tropiques, c'est mortel !

Nous avions ri comme des gosses.

Dans la ville, des pétards crépitaient à intervalles réguliers, des youyous, des tam-tam, des percussions. Curieusement, tout le monde rêvait de réunification, à l'exception de l'élite sudiste. Nous nourrissions l'espoir de voir Mitterrand peser de tout son poids sur Goukouni Oueddeye. N'être l'esclave de personne, tel était notre désir.

Je n'ai pas bu tant que ça ce soir-là. Vers onze heures, alors que la fièvre retombait dans les rues et dans les foyers, le préfet nous a rendu visite, heureux de nous présenter ses vœux. Sa démarche m'avait surpris, mais, à la réflexion, il avait bien fait de venir : nous célébrions en effet l'an I de l'ère nouvelle.

— Trinquons à la paix ! Qu'on nous laisse vivre enfin ! s'est exclamé Emile-Mercy.

— Qu'on nous laisse vivre enfin ! avons-nous répété en chœur.

Et on s'est embrassés.

La tiédeur bruissait au-dessus de nos têtes. Nous n'arrivions pas à commenter l'événement : il était la nouveauté même. Tout à l'heure, Emile-Mercy avait écarté mes allusions un brin religieuses, mais, en fin de compte, rien n'était plus messianique que notre joie. La justice inaugurait son règne, du moins, au sud. Le rêve français était la vie, notre vie au milieu des langues qui furent jadis celles de Babel.

A une heure du matin, nous sommes rentrés chez nous. Je portais Cynthia sur le flanc gauche, Maureen s'accrochait à mon bras droit. J'ai couché l'enfant dans son lit, tandis qu'elle se démaquillait dans la salle de bains. Je l'y ai rejointe, heureux de la contempler.

— Tu me regardes… tu me gênes…

— Que tu es belle !

A ces mots, des larmes lui sont montées aux yeux. J'ai compris que je ne les avais pas prononcés depuis quelque temps.

— Sacrés socialistes ! Ils font du bien à mon mari ! a-t-elle plaisanté, toute tremblante d'émotion.

— Oh, Maureen !

Alors elle a sangloté.

— Sèche tes larmes, viens, viens dans mes bras…

Je l'ai étreinte, puis lui ai enlevé son peignoir. J'ai découvert son corps ferme, svelte, musclé. J'ai caressé ses seins pleins de ressource.

En lui câlinant les oreilles, le cou, les bras, je l'ai entraînée dans notre chambre. Je l'ai couchée là, lui ai écarté les jambes, glissant ma main entre ses cuisses pour remonter vers sa toison, colline sacrée. Je me suis bâfré de son sexe.

Son clitoris est un lardon qui a l'épaisseur de la moitié de l'auriculaire. Il bande, débande, rebande sous la pression de mes doigts. Puis vient le moment où je n'en peux plus de jouer avec l'adorable organe. Je le gobe à pleine bouche, le suce, l'arrange d'une langue experte. Maureen hurle, jure, pleure... Sa petite clé joue à cache-cache avec ma langue, qui la couvre, la découvre, la démultiplie, et les voilà devenues deux langues, deux patries aventureuses...

66

L'AVANT-FRANCEVILLE

C'était de nouveau juin, on vivotait, puis, sans crier gare, est survenu le coup d'Etat. Le président Goukouni en était l'auteur, mais c'est le général Kodjo, chef d'état-major d'une armée nationale fictive, qui en était l'exécutant. Jamais un valet des nordistes n'avait paru incarner à ce point la forfaiture. Dire que c'était le père d'Orthance, la maîtresse du colonel... Avec cinq cents millions de francs, il avait soudoyé les deux autres généraux que le triomphe du colonel avait mis d'office à la retraite. Kor et Doro, deux traîtres généralissimes, avaient remonté la filière de leurs officiers, sous-officiers et fantassins passés avec armes et bagages sous le commandement adverse, et les avaient retournés. Le colonel se trouvait à Sarh quand c'est arrivé. Goukouni avait réalisé l'exploit de lui tendre là un piège heureusement contré. Le colonel les mettrait en déroute sans façon. S'étant assuré la maîtrise du terrain, il décollait pour regagner son QG de Moundou. Mais un second détachement d'hommes du général félon le guettaient à sa descente d'avion.

Averti de leur coup, il avait organisé sa riposte depuis le ciel. Sa garde rapprochée et un régiment de parachutistes avaient discrètement encerclé les conjurés. Le pilote avait immobilisé l'avion en bout de piste, à deux pas des hommes du colonel tapis dans les fourrés. Celui-ci s'en était extrait, suivi du pilote, de sa délégation et ils s'étaient évanouis dans la nature. Peu après, le colonel prenait la conduite des opérations.

Il était cinq heures. Sur la forêt qui entourait l'aérodrome descendait le crépuscule. Le feu nourri des armes lourdes et des fusils d'assaut allait enflammer la promesse du soir. Le combat a nécessité trois heures d'efforts acharnés. Les conjurés avaient vendu cher leur peau, tant ils rechignaient à se rendre vivants. Ils se savaient perdus et ne comptaient visiblement pas sur la grâce du colonel.

Hormis ceux que les parachutistes avaient neutralisés dans l'aérogare – et dont on ne tirerait rien, tant ils avaient mis un point d'honneur au respect de leur machination –, les autres avaient usé de tous les moyens possibles et imaginables pour se faire descendre. Les six rescapés de la bande étaient un capitaine, un adjudant et quatre sergents. "Quel gâchis !" avait soupiré le colonel. Il contemplait en grandeur nature la haine que lui vouaient les généraux Doro, Kor et Kodjo. Le soir même, ils quittaient le Tchad. Le président Goukouni (leur commanditaire) les avait précédés de quelques heures, car le veinard Hassane-Hissène était entré triomphalement à N'Djamena ce matin même du 7 juin 1982, les bras chargés du vaste programme de règlements de comptes que les putschistes avaient inauguré.

67

L'APRÈS-FRANCEVILLE

“Septembre noir.” Nous le devons à El-Bongo, le président du Gabon. C'était un ami intime du colonel. En privé, ils s'appelaient “frère”, ou bien “parrain”. Ils avaient sensiblement le même âge. Le proverbe qui résumerait le mieux leur amitié pourrait être celui-ci : *“On peut décider* a priori *que les trahisons sont toujours motivées par l'intérêt et l'ambition.”* Ce n'est pas un proverbe africain, c'est une phrase de Jean-Paul Sartre. J'aimerais la compléter en citant deux mesures d'une chanson de Charles Cros :

Les réciproques trahisons
Font qu'on se quitte un jour, sans larmes.

J'entends comme une valse dans ce début de romance. A son rythme, le colonel entraîne sa cavalière ; El-Bongo fait de même. Après avoir virevolté un moment, ils se sont arrêtés et ont changé de partenaire. Disons que le président gabonais n'avait pas trahi le colonel pour lui ravir la jolie fille qu'il lui avait jadis convoitée sur quelque rivage de la Marne, et dont il gardait un vif souvenir. Ils échangeaient volontiers leurs conquêtes, ils cultivaient la confiance. Entre les deux hommes, l'émotion jouait presque toujours des *glissandi*. Quand survenait le vertige, ils s'accrochaient à un support providentiel.

El-Bongo avait appelé le colonel, il l'avait supplié de venir. Il lui avait envoyé son avion personnel.

— Tu vois, c'est à Franceville que je t'invite. C'est la ville où a été enterré mon placenta : là, je me reposerai un jour de la fatigue du monde.

Je t'y attends. Nous parlerons de ton avenir, tu sais combien celui-ci m'importe. J'ai exigé que Hassane-Hissène soit là. Je veillerais à ce qu'il s'entretienne avec toi. Viens, mon frère, viens, mon parrain. C'est Franceville qui t'invite, c'est mon enfance et, s'il te plaît, ne la faisons pas mentir. L'enfance, c'est sacré. Les mânes de nos ancêtres nous puniront de leur avoir manqué d'égard.

C'était la veille du 3 septembre. Quelques heures plus tard, le colonel débarquait à Franceville comme si c'était Lourdes ou La Mecque, son cœur débordant d'une ferveur insensée. Son ami l'attendait au pied de la passerelle du Falcon présidentiel. Ils étaient très émus de se retrouver, après Kano et Lagos, il y a deux ans de cela. La moiteur tropicale faisait briller leur peau.

— Tu vois, comme c'est bien que tu sois venu ! L'autre arrive tout à l'heure, avant cinq heures. Demain, les négociations débuteront l'après-midi. Ce soir, on va festoyer !

C'est ainsi que la valse a retrouvé la place éminente qu'elle avait toujours occupée dans leur relation. Flanqués l'un et l'autre de ballerines expertes, ils tournoyaient sur la piste. Leurs convives étaient cloués d'admiration. A contempler le marbre sur lequel leurs pieds glissaient, le son de la valse devenait minéral. Mais il suffisait de les dévisager pour entendre des sons mouillés, un tantinet graves, à tout le moins mélancoliques, signature tendre et souveraine des deux présidents. Ils étaient conscients d'offrir à leurs spectateurs un cours de danse dont tout le pays parlerait le lendemain. Ils s'appliquaient à évoluer de la manière la plus élégante possible. Encore une minute, et ils céderaient la piste à leurs convives et, par la même occasion, leur souhaiteraient le bonsoir. Ils illustraient la danse dont l'obsession est la recherche du tempo ternaire. Bien que subjugués, les gens attendaient ce moment. Il vint. Alors ils inondèrent la piste et dansèrent au rythme de la rumba zaïroise. Cette dernière n'en imposait pas à ses aficionados : elle leur procurait le sens du partage, la grâce et la fluidité, quand un corps s'abandonnait à une féerie un tant soit peu artistique. La rumba des Bantous était le bonheur fait chair.

Les créatures les plus belles du Gabon avaient été conviées au bal du colonel. Elles étaient à son goût. D'ailleurs, aucune femme ne lui a jamais répugné. En remontant dans sa suite, il en avait cueilli une et, de fil en aiguille, trois d'entre elles avaient agrémenté sa nuit. Le lendemain, il n'émergea que bien tard. Il était courbatu ; il avait une affreuse gueule de bois.

A cinq heures, quand il eut recouvré ses esprits, un coup de fil lui annonça l'horrible nouvelle : Moïssala, son village natal, avait été attaqué. C'est à ce moment-là qu'il réalisa que Hassane-Hissène n'avait pas fait le voyage de Franceville. Il en resta sonné. Les fameuses retrouvailles n'étaient donc qu'une affreuse trahison.

Bien entendu, le président El-Bongo était aux abonnés absents. Malgré tout, le colonel obtint de ses conseillers l'affrètement d'un avion pour huit heures, le lendemain.

"Les réciproques trahisons / Font qu'on se quitte un jour, sans larmes." Ce fut en effet le cas. Mais le colonel ne savait pas que dans moins d'une semaine il serait de nouveau en terre gabonaise, contraint et forcé par le destin. En quittant Franceville ce 4 septembre, son avion avait à peine eu le temps d'atterrir à Moundou que le pilote remettait les gaz. On tirait sur eux à l'arme lourde. L'avion parvint à s'arracher du sol, pour réatterrir quelques kilomètres plus loin, dans la première plaine venue, en territoire camerounais. Les moteurs manifestaient quelques ratés, le kérosène s'épuisait, l'avion se posa sans trop de casse. Des paysans camerounais et des prêtres français le transportèrent vers l'hôpital le plus proche, émus de voir leur idole en si piteux état. La renommée du colonel avait traversé les frontières.

Le grand homme s'en était sorti avec une blessure grave, mais qui ne mettait pas sa vie en danger. Apprenant la chute de l'avion, l'ami francevillois avait volé à son secours. On dit qu'il avait pleuré. Si ce renseignement se révélait exact, disons que El-Bongo avait pleuré pour la prouesse dont le colonel était l'enjeu. En effet, s'il l'avait trahi, c'était pour l'arracher à une mort criminelle. Ce fut aussi la mission que lui avait confiée Paris. L'heure de Hassane-Hissène était venue, on n'y pouvait rien. El-Bongo avait résumé la situation d'une formule de son cru : La danse des vivants est plus belle que celle des anges.

68

LES ADIEUX

Une semaine avant de s'envoler pour Franceville, le colonel m'avait envoyé un courrier. En découvrant son contenu, je me suis senti plus proche de lui que jamais. Aussi la nouvelle de sa chute m'avait-elle atteint comme la dernière réplique d'un raz-de-marée auquel je ne souhaitais pas survivre. Et pourtant…

En ouvrant l'enveloppe l'autre jour, j'en avais extrait deux passeports (le second était diplomatique). J'ai failli m'évanouir.

Après m'être ressaisi, j'ai réalisé qu'une lettre accompagnait cet envoi. Elle était manuscrite. Les mots étaient tracés à l'encre noire, d'une écriture cursive, que trahissait de temps à autre des lettres à jambages, tels les *p* et les *j*, qui, eux, étaient formés de simples barres. J'ai dû m'y prendre à deux fois pour les déchiffrer. Je m'étais dit, alors que l'émotion me submergeait : "Il est donc ainsi, le colonel, un mélange de diplomatie et de fermeté." J'avais l'impression de voir ses yeux, de les avoir à ma merci, ses yeux étendus là, dociles, toute dérobade enfin conjurée. J'ai mariné dans mes sensations avant de me décider à lire le colonel.

Jeune homme, mon bon collaborateur,

Tu vois, je n'ai pas réussi à t'oublier. Tu as dû douter beaucoup de moi ces derniers jours. C'est pour cette raison – elle n'est pas la seule, même si, à mes yeux, elle demeure la plus impérieuse – que je t'écris. Je tiens à ton estime. N'est-ce pas trop te flatter ? Ne proteste pas, sinon tu m'enlèveras le plaisir de me flatter moi-même.

Venons-en au fait. Tu t'es toujours demandé pourquoi la république du Logone semblait si peu me préoccuper. Bien entendu, tu t'es bien gardé de me le dire d'une façon aussi brutale. Tu y mettais des formes. Eh bien, sache-le : c'est à Hassane-Hissène que nous devons ce vocable. Il l'avait inventé pour faire peur aux diplomates français, lesquels l'ont gobé sans s'interroger outre mesure.

Ça les arrangeait, je suppose. Voilà, je rends à César la monnaie de son impôt. J'aurais bien voulu faire entrer dans la réalité l'utopie suggérée par mon ennemi. A l'heure où je t'écris, le projet rencontre de grands obstacles. Il ne faut pas en conclure qu'il est irréalisable ; au contraire. L'anti-propagande de Hassane-Hissène est gage d'avenir. N'en désespérons pas.

Mais revenons à toi. J'aimerais payer ma dette à ton égard en te demandant de reprendre tes études de lettres françaises. C'est bientôt octobre, les universités rouvrent leurs portes. Va à Paris, contacte Pierre Legrain, au ministère de la Coopération. Je lui ai touché un mot te concernant. Il te procurera une bourse pour les besoins de ta thèse de doctorat.

J'ai pris les devants, j'ai décidé à ta place – je n'ai tout de même pas péché contre le Saint-Esprit, tu me le concéderas, j'espère. J'estime que tu as besoin de prendre du recul : Paris, je le sais, t'en donnera les moyens, ainsi que tes futures recherches en littérature. Elles t'aideront à patienter.

Ne tarde plus. Va-t'en.

Ton affectueux

COLONEL.

Encore troublé par ma lecture, je n'ai pas compris que le colonel me donnait un ordre. Maureen ne s'était pas trompée, qui, relisant ma lettre, s'est mise à sangloter. C'était la semaine dernière. Aujourd'hui, je comprends enfin. Hassane-Hissène venait d'entamer une chasse à l'homme dans nos contrées. Entre Sarh, Doba, Moïssala et Moundou, ses victimes s'élevaient déjà à plus de trois mille. Ce matin, je n'avais pas fini de me faire la réflexion que débarquait déjà Emile-Mercy, tout survolté. Il me demandait de partir sur-le-champ.

— Les escadrons de la mort dévalent sur Bongor (qui a été épargné jusque-là). Nous sommes des “Banana”, n’est-ce pas ? Nous sommes les alliés honteux des nordistes ; en tout cas, notre ambiguïté a vécu. Les éradiqueurs de Hassane-Hissène ont quitté Moundou ; ce soir, ils seront chez nous. Tu dois partir. Le préfet a rejoint le colonel au Gabon, il y a juste quelques heures. C’est la débandade.

Tout compte fait, ma vie était en attente de cette crise. L’heure était venue de fermer les portes de la maison pour étreindre l’exil. Je dois m’y astreindre, même au prix de la sécurité de Maureen et Cynthia. Une fois en France, je trouverai le moyen de les faire venir. Il y a aussi mes parents. Sans attendre, ma femme est allée les chercher. Ils sont arrivés en courant ; mon père m’a embrassé comme si j’étais un héros. D’un air très digne, il m’a tenu un discours fort touchant.

— Sais-tu que les Moundoulais attendaient le colonel sur la piste d’atterrissage ? Ils ont acclamé son avion, ils ont applaudi à tout rompre les minutes où la machine a touché l’asphalte avant d’être contrainte à repartir sous le feu nourri des assaillants. Ils ont payé un fort prix leur bravoure. Ceux qui les ont massacrés, ce sont les soldats du général Kodjo. Le pauvre, il tenait enfin sa revanche. Il avait exigé d’abattre lui-même le colonel afin de protéger Hassane-Hissène de l’accusation d’avoir fait assassiner le plus renommé des sudistes. Ce scandale l’eût grillé auprès des officiers français. Le général Kodjo, ce traître-né, ne pouvait se dévoyer davantage. Peut-être ne disposait-il que de cette voie pour entrer dans l’Histoire ? Je le plains ; de telles méthodes ne sont pas dignes d'un soldat de son rang. Mon fils, tu es un homme intègre. Tu as été remarquable en tout point. Je suis fier de toi. Maintenant, éloigne-toi, prends du large. Ta mère et moi, nous repartons à N'Djamena. Nous ne sommes que des retraités, Hassane-Hissène n'est pas une menace pour nous. Je rebâtirai ma maison. Nous veillerons sur Maureen et Cynthia, ne t'en fais pas.

Mon père parlait, et c'était comme si un chant de délivrance s'élevait en moi. Je ne boudais pas cette euphorie trop tôt venue, trop bien apprêtée, trop bien ajustée. D'ailleurs, peu m'importait. J'en avais besoin pour affronter la séparation. Je n'allais pas me livrer bêtement à Hassane-Hissène. La purge avait commencé. Tout collaborateur du colonel serait sinon éliminé, à tout le moins incarcéré. Pour le moment, la première option avait leur préférence.

Subitement, le monde m'est devenu insupportable. A Emile-Mercy, j'ai dit :

— Laisse-moi une heure.

— D'accord, m'a-t-il répondu.

Ma mère s'avance vers moi. Elle me presse sur son cœur. Je ne la repousse pas, au contraire. Comme son geste me rassure.

— Tu feras attention à toi, mon petit. Tu me promets que tu feras bien attention à toi.

— Oui, maman.

— Tu feras attention à toi, répète-t-elle.

Elle prend ma tête entre ses mains, elle me caresse les joues. J'ai l'impression de traverser une nuit dont la trame serait la bonté. Comme j'aimerais y séjourner longuement. Je sens l'injustice qui m'est faite, je vois venir l'inadaptation, j'anticipe mon errance, j'embrasse le désespoir.

— Il faut y aller maintenant, lui dis-je. J'aimerais être seul avec Maureen.

Papa m'étreint, puis il s'éloigne, suivi de ma mère. Ils passent la grille, disparaissent dans la verdure. Bientôt, il n'y a que le parfum des orangers pour me rappeler leur présence.

Avec Maureen, je m'isole dans la bibliothèque, tandis que la nounou s'occupe de Cynthia. Quel désastre que ce face-à-face ! Etre réduit à compter les minutes avec celle que j'aime.

— Ça devait arriver, dit-elle, ça devait arriver…

— Je vous fais venir dès que j'ai une adresse. Ne désespère pas, nous nous reverrons très vite.

Le temps est devenu mon ennemi, le temps me saigne. La seule manière d'en faire mon allié, c'est d'emmener Maureen avec moi.

Je la regarde, nous nous enlaçons. Elle dégrafe son corsage comme une mère qui va allaiter son enfant.

— Caresse mes seins, caresse-moi…

Je m'exécute, et c'est un tel désespoir que de n'être plus que fadeur… J'ai perdu le don des sens.

— Caresse-moi les seins, répète-t-elle.

— Faisons l'amour, lui ai-je suggéré. Cela nous bouleversera un peu plus, mais c'est cela que nous aurons comme souvenir.

— Oui, fais-moi l'amour, répond-elle.

C'est au moment où j'ai joui, plus désespéré que jamais de moi, d'elle et de nos corps réunis, que j'ai compris que nous avions fait ce qu'il fallait faire, nonobstant le soupçon d'absurdité qui me taraudait.

Nous sommes restés emmêlés un moment. Ensuite, je suis allé chercher Cynthia.

— Mon petit, papa va faire un long voyage. Souviens-toi que papa va être absent longtemps.

Maureen a ajouté :

— Papa revient bientôt, il revient ton papa.

J'ai pris congé de mes deux amours ou, plutôt, c'est Maureen qui a pris congé de moi. Elle m'a couvert le visage de baisers, me mordillant les lèvres jusqu'au sang. C'était comme si elle m'enlevait la dernière parcelle d'énergie qui me restait. Même le goût du sang dans ma bouche n'a pas fait refluer en moi un surcroît de vie. Maureen s'en est allée en courant. Une porte a claqué, puis le clic du verrou. Après une brève hésitation, j'ai demandé à la nounou de ne pas la laisser seule trop longtemps.

Dans la cour m'attendaient Emile-Mercy et son chauffeur.

J'ai dit à mon ami :

— Il faut que ta femme vienne assister Maureen. Elle est dans un sale état.

— Oui, tout de suite.

Se tournant vers le chauffeur :

— Jean, va chercher Evelyne, c'est urgent.

Puis Emile-Mercy m'a dit :

— Tu trouveras dans cette enveloppe l'argent pour couvrir tes frais de voyage et d'installation. Tu me communiqueras très vite ton nouveau compte bancaire. J'y pourvoirai.

L'allusion à la banque m'a fait me souvenir d'Ezéchiel, je ne sais pas pourquoi.

— Dis-moi, que deviendront les plans dessinés par notre ami ?

— Je les ai mis en lieu sûr.

— Où, en lieu sûr ?

— Tu vois cette manne ? Ils y sont. Tu en prendras soin, n'est-ce pas ?

— Mon cher Emile-Mercy, tu es un dieu !

J'ai ri ; notre échange m'a diverti de ma douleur. En jetant un regard rétrospectif sur ce qui m'entourait, j'ai eu la sensation de redécouvrir du pays – un pays de longue durée. J'assistais à ma métamorphose. Maureen, Cynthia, papa et maman, Emile-Mercy et les gens que je n'avais pu saluer étaient les mêmes, dans mon esprit et, en même temps, avaient cessé d'être les mêmes. Ils ne me regardaient plus, et moi je m'efforçais de les dévisager par acquit de conscience. Telle était la couleur de mes adieux : la réciprocité avait disparu.

L'embarcadère se rapprochait, le bac n'attendait plus que moi. J'éprouvais quelque bonheur à contempler la dilution du paysage. L'intuition de ma mort m'envahissait peu à peu. Je savais maintenant pourquoi je percevais de la sorte les êtres et les choses. C'est que je vivrais désormais tout seul. Je me félicitais d'avoir été. Je voyais venir la mort. Il faut être très vieux – ou un très grand malade – pour la sentir ainsi.

Une question me tourmentait : A quelle phase de ma vie m'étais-je exposé ? Dans quelle sorte d'épuisement étais-je pris ? A l'épuisement de l'être ? A l'épuisement du temps ? Lequel, du départ ou de l'angoisse, m'habitait là ?

Emile-Mercy m'a embrassé ; il me savait déjà très loin.

TABLE

Ouvrage réalisé par l'atelier graphique Actes Sud. Achevé d'imprimer en janvier 2008 par l'Imprimerie Floch à Mayenne pour le compte des éditions Actes Sud Le Méjan Place Nina-Berberova 13200 Arles.
Dépôt légal 1re édition : février 2008.
N° impr. 70117
(Imprimé en France)